歌裏人

p+

HUNGRY DIGITAL 創辦人
梁志成 *Rudi Leung*

他序

Foreword

作為一名社會人，為了生活，我們每天都要面對林林總總的遊戲規則。

有些遊戲規則，會和你開宗明義，而你只可以選擇參與，或者是不參與。另外有些遊戲規則，卻是潛規則，因為曖昧，所以無常，只能親身體會，自行參透。

作為一名唱作人，為了可以唱下去、作下去，出道15年，在大部分的時間裏，我總覺得林一峰好像不用太依循大環境的遊戲規則，而且，更可以不斷創造屬於自己一套的遊戲規則。

但有趣的是，就我所認識的林一峰，卻好像很懂得這個社會的遊戲規則，直白點說，他雖然是一個好像不吃人間煙火的音樂人，但實質上，卻是一個很明白這社會到底是如何運作的社會人。和他在工作上合作過，我覺得他的處事作風踏實，而不離地。

此外，根據我的觀察，即使近年越來越深居簡出，甚少在主流媒體曝光，林一峰卻繼續以一個如運動員般的恆常工作規律，一直透過音樂與文字，持續與這個社會接軌。的而且確，就我認識的大部分可以「生存下來」的創作人，大多數都是像林一峰一樣，會有自己一套的創作規律和紀律。

可是，創作人不可能純粹做一名生產者，做創作，我們還需要莫大的夢想和勇氣，去改變常規，去挑戰現在。因為，如果僅僅為了生存，太有意識地去逢迎市場，創作就可能會失去了靈魂，失去了某種感染人的力量。

社會是一個大染缸，於是，生活在社會現實的觀眾，總是希望創作人還可以保留一點點的童心，來讓他們間中逃離社會現實的現場。林一峰就是那種世故得來卻永遠令人覺得他還是有點童心的創作人，因為接地氣，於是可以繼續生存；因為還有童心，於是樂迷還是對他不離不棄。

成功的定義，因人而異，但基本上，我覺得林一峰無論作為一名創作人，抑或是社會人，他都成功地找到了自己的最佳位置，而這個位置，只此一家，想複製的話，太難。

《歌裏人》不單單是一名音樂人對他關注的音樂工業

及流行文化的觀察，也是一名社會人的角色的世界觀點。對於還擁有夢想，卻又對這個光怪陸離的社會不知所措的你，這本書內的文字，可能可以給你一點支撐下去的力量。

書中洋洋六萬字，每個字都充滿養分，每個字都可能可幫助到你，除了繼續保持一顆赤子之心，同時，又可學習如何成為一名社會人。

林一峰 *Chet Lam*

自序

Preface

我以「唱作人」自居，可是我沒有受過正統音樂訓練，也沒有正式在演藝圈的機制內循規蹈矩把握機會向上爬，現在我對音樂與音樂行業的認知，都是自學的。這些年來，成功案子有不少，錯過了的、做得不好的則更多更多，卻不時得到有緣人相助，也得到不少寶貴經驗。只是，經驗是一種籌碼，同時也是一個牢籠。

我們從一張白紙開始，學習、碰釘、改良、進步，累積到的經驗可以讓我們更聰明，同時也有機會讓我們太小心翼翼，自以為了解事情，但其實只是不斷地限制自己的可能性。

這些文章是我在音樂圈、娛樂圈、社會誤打誤撞的點滴，也是我左腦跟右腦交戰之後的和好協議。音樂、電影、電視、文化、商場、戰場……處理方法與應對細節不同，但其實都是一樣：看你有多了解事情的本質，以及相關人事背後的動機，知道後你又會選擇怎樣面對。

這些拙作並不是什麼大智慧，而是一些經驗分享，我很希望能夠在這個紛亂的世界替你找到一點點安慰，甚至一個出口，但更重要的是，希望大家不要被我的經驗，限制了你的想像力。

不怕嘗試，不怕挫折，信任世界給你的靈感與提示，包括你有緣讀到的這些文字。

目 次

他序 4 / 自序 10

Ch.1 唱作人語

歌前歌後 18 / 我在 21 / 粉墨登場 24 / 能量黑洞 27 / 腦和心 30 / 突破瓶頸練習 33 / 危險的文字 36 / 將錯就錯 39 / 系列 41 / 橙和檸檬 44 / 交流 48 / 音樂取向 50 / 我的音樂老師 53 / 靜默亦似歌 56 / 翻唱的真義 59 / 向前推向後進 62 / 真正的老細 64 / 音樂蜂 67 / 講到尾，又係……70 / 終極支持 73 / 冠名贊助 76 / 慈善的暴力 78 / 音樂 vs 音樂商品 81 / 尾龍骨之謎 84 / 與其……不如……86 / 一峰給 Chet Lam 的話 90

Ch.2 歌於斯

無責任樂壇評論 94 / 詞人獨大 96 / 小調大氣 99 / 改改改 105 / 為黃宗澤抱不平 108 / 龍游淺水 110 / 什麼？聲音？ 112 / 悲啤 115 / 小男生　老靈魂 118 / 越老越矜貴 121 / 黃鶯鶯 124 / 超渡怨婦俱樂部 126 / 你要怎樣被人記住 128 / 靚聲的誤導 131 / 聲色藝排位 133 / 無間音樂地獄 135 / 不平等超筍條約 138 / 根本問題 141 / 香港樂壇的出路 144 / 媒體 vs 大眾 146 / X 因素 149 / 星光的現實 152 / 舒服地帶 155 / 獨立游泳池 158 / 威士忌，獨立音樂，霍格華茲 161

／謙卑還是卑賤 169 ／自薦的藝術 171 ／比成本更重要的東西 173 ／有大做大 176 ／ Artist，你的 art 在哪裏？ 179 ／忠奸人 182 ／ Live house 文化 185

Ch.3 歌於藝

我們都是井底蛙 190 ／唔買都睇吓 193 ／你的付出去了哪裏 195 ／串流音樂帶給我們的將來 198 ／保持清醒　不平則鳴 201 ／音樂人應該賣什麼 204 ／音樂行業兩件萬劫不復的錯事 206 ／拿在手上 209 ／變變變音樂循環 211 ／對員工好啲啦 214 ／意見領袖 216 ／我是國王 219 ／破舊立新的循環 222 ／為誰而寫　為誰而唱 225 ／牆和橋 228 ／大碟規則 231 ／最黑暗的預言 234 ／藝人與金錢 237 ／商業 vs 藝術 240 ／ 29+1 243 ／紙牌屋提示的三個音樂圈方向 246 ／沙龍傳奇 249 ／ Adele 做得最對的三件事 252 ／巨人玩樂之夜 255 ／ Natalie Cole 258 ／離不開 261 ／精彩的代價 264 ／窮富之間 266 ／廚房遊戲 269 ／威靈頓牛肉啟示 272 ／韓星還是泡菜 274 ／讓人毛骨悚然的美 276 ／公敵 279 ／第一個身份 282

Ch.1 Singer's Words

第1章

唱作人語

歌前歌後

「點解你會彈結他呢？」

「因為上台嘅時候，我唔知道對手應該擺喺邊囉！哈哈哈……」

做訪問被問及這個問題時，我就會這樣回答。真正的答案，其實是小時候家裏沒有錢，難得我得到了舅舅送的一把魚絲線結他，一上手就一世了。中學時拿著結他就膽粗粗上台，什麼也不懂，只會顧好不要彈錯，把音唱準。從不同的中學學校禮堂、社區中心聯誼活動、到大學聯誼活動，要處理的是從一首歌到幾首歌的時間，從幾首歌到一個 show 的時間；一直累積的，除了是玩現場音樂的經驗，更重要的是：節目的串連。

在公開場合的舞台上，很多時候會有司儀在場，那些時候介紹就留給司儀；如果你要演繹多於一首作品，歌與歌之間的連結就要靠自己了。我會把不同歌曲的氣氛事先來一個評估，先後次序是要緊的，中間停不停頓、說不說話，卻沒有一定的方程式。

有時候，**在不是自己目標聽眾的場合，老老實實、清楚簡約地介紹自己以及歌曲，是一定不會有問題的**；在自己的演唱會裏，會來的大多是已經對你熟悉的人，這個介紹就更要花點工夫。一些已經被大家記得的前奏，就毋須多費唇舌，讓音樂說話，聽眾自然會投入；在串連歌曲而有說話的必要時，要記得歌詞本身是對白，歌曲本身是／有故事。一個表演者可以讓演繹的歌更有顏色，就是如何介紹你將要唱的作品：說一件事，大家有共鳴的事，自己對某事情的看法，給聽眾導向，而演繹的歌曲就是一個註腳，一個答案。

有時候，無謂多講，無聲勝有聲，讓音樂說話，less is more。

我在

「歌手只需要把歌唱好就好了，其他有別人來幫忙啦。」很多大公司出來的歌手都會這樣想，或者其他人會一直這麼告訴他們。

這句說話，可以是全對，也可以是全錯。歌手要把歌唱好就一定的了，但其他東西一旦忽略了，就算沒有前功盡廢，觀眾聽眾也會對你大打折扣，以下是其中幾個例子：

一　上台的時候，進場輕佻小家，站立得東歪西倒，沒有脊骨，重心飄移；
二　開口第一個字是「eh」，最後一個字是「啦」；
三　與主持人對話時，前後沒有看著對方雙眼；
四　與觀眾說話時，沒有鄭重地說清楚訊息，或者過分滑頭地娛賓，卻扮作投入；信我，一個表演者的真誠，觀眾是感受得到的；

五　一班人一起在台上，不是自己 highlight 的部分，就分神不理會台上其他人在做什麼；**一上台，你就是表演的一部分，況且你永遠不會知道誰在看著你，誰在觀察著你，尋找下一個擔大旗的人選；**

六　離場時草草了事，以為唱完就可以閃人收工；你永遠不會知道，有什麼人在看／仍然在看著你，就算之前表現多卓越，這樣子留一個不專業的印象給觀眾就可惜了。

犯了以上的錯，就算你唱得多好，都不會服眾，不會站穩陣腳，不會真正成功。

歌手，甚至是一個台上的人，要記得的，只是一個概念：stage presence。由上台之前一刻到落台之後，你都要用肢體語言告訴大家：「我在」，不卑不亢的挺起胸膛，知道自己有奪目而不討人厭的光芒。

「我在」就是這麼簡單。

粉墨登場

「你每次出場前仍然會緊張嗎？」

「踏出舞台的一刻，心跳會快一點，除此之外，就跟平時沒有什麼異樣了。」

我總覺得，如果出場前才來緊張擔心，忘記歌詞、台位、對白，那即是說你準備不足了。

專業不是打天才波，而是要用很長很長的時間磨練與準備，「台上一分鐘，台下十年功」；好的歌者，永遠會讓你覺得他／她好像做得很輕易，不費吹灰之力。有時候表演者看上去好像從容不迫，那是因為準備已經十分充足，沒有什麼好擔心的，也沒有什麼可以完全在控制之內——台面發生的事，永遠無法預計，觀眾反應也不可預計，表演者只可以選擇把平時已經做好的功課，全心全意跟大家分享。

要做到這個狀態，每個人都有不同做法，而很多表演者會選擇安靜獨處；**安靜永遠是最有用的，安靜能夠讓你跟自己溝通，釐清自己的思路**。我在一些大型演唱會後台，見過歌手的化妝間內設了神壇，旁邊有位僧人在唸經，也看過流動按摩床跟按摩師、跑步機……方法層出不窮，只是按不同人的喜好而已。當然，在自己的演唱會，什麼樣的安排也比較方便，但若有很多表演單位時，未必人人都有自己的化妝間，就算有，也有很多人在外面擾擾攘攘。

小時候，我在不同的場合表演，有時連後台也沒有，就要直接上台去。我學會的，是心靜。只有心靜才能自己掌握，一旦心靜，所有事情都可以迎刃而解。入行後我更加肯定，保持輕鬆的心情是最重要的；我的方法是，每次出場前都跑到樂手的休息室閒聊，談天說地，反正都在排練室預備充足了，現在最好的就是跟團隊一起，把最好的做出來。

不過，哪管是腎上腺還是荷爾蒙，出場之前那一刻，我還是會感到有點異常的心跳，因為每次都可能是最後一次，同時每次都是第一次。

能量黑洞

作為一個表演者，我最害怕遇到兩樣關於人的事情。

記得有一次做文字訪問，我坐在咖啡室，記者朋友坐下來就漫無目的地問一些不著邊際，或者只要翻查一點點資料就可以得到簡單答案的問題。從新聞的角度出發，每一次的求證是必要的，但「你第一首面世的歌是什麼」跟「你對於你第一首面世的歌 XXX 有什麼感覺」是兩個層次的問題啊。基本的資料搜集，是一個傳媒工作者的本份，跟受訪者的普及程度無關。不過，這個反而不是我最害怕的，而且已經解開了：友人 F 一向情商高企，我告訴她我的牢騷後，她直接大聲說：哎呀咁咪仲好！你講什麼他就寫什麼啦！

能稱得上是能量黑洞的其實是這樣……

Q　你喜歡吃什麼？

A　蘋果。

Q　為什麼是蘋果？

A　因為好吃。

Q　什麼是好吃？

A　就是吃完讓我開心的東西。

Q　為什麼？

A　因為生活壓力大，需要吃好吃的東西。

Q　什麼是生活壓力？

A　……

這種零交流的問答方式，只會出現在兩個現實情況：一、幾歲小孩一直問無底洞式的問題；二、審犯。沒有交流，只在不斷地、直接地吸吸吸……

另外一個真正的能量黑洞，就是觀眾。表演者極需要觀眾的投入去提升能量，就算是需要安靜觀賞的節目，觀眾的即時反應也是表演者極需要的力量。表演是一個很依賴人與人之間能量交換的藝術，觀眾沒反應，或者表演者感覺不到觀眾的投入，是一個累人的死穴。只是，表演者更需要問自己一個問題：你做得夠好、夠恰當了嗎？

無論在什麼場合，這些年來我都一直提醒自己：**觀眾反應不夠熱烈，即是表演者處理得不夠好。**

謹記謹記。

腦和心

「想要很多，需要很少」是我的唱作作品〈很多・很少〉裏的點題歌詞。

常被問及一個問題:「你是用什麼來創作的呢？」大家預計的答案，大多數是結他、什麼型號電腦、什麼電腦程式等。我會微微一笑，指著自己的腦袋(是的，有點無賴)。**創作其實不需要太多身外物，身外物可以幫助實現你想到的點子，但更重要的，還是腦袋。**

記得開始創作音樂的時候，我只簡單地用結他自彈自唱，找個最安靜的角落，直接錄在卡式錄音機裏。如果要多彈一支結他，我就會先錄好一次，然後用另一個卡式播放機，放出剛錄好的東西，一邊放一邊跟著音樂演奏，直接錄進另一台卡式錄音機裏。如果需要第三條聲軌，我就會重複以上步驟。因為錄音過程相當低科技，多安靜的環境都好，每一次錄音會有雜音，所以有時最終成品的雜音會比音樂聲還要大，但無論如何，我用自己的方法做到我想要的東西，這個過程是很過癮的。

當你沒有資源，創意就會自然出現，你的腦袋會為你提供方法去完成心願。只要有創意，沒有資源可以限制你的發揮，有時太多資源，但用得不到位，效果還是強差人意。

這幾年我卻用少了腦袋。聽得多，寫得多，你大概會摸到每種音樂的創作方程式，腦袋習慣幫你分析，幫你想辦法達到效果。用腦袋可以讓人在行業混得好，解決事情讓大家放心開心，但那是比較接近執行監製的工作；創作需要的，最終不是腦袋，還是一顆心。

怎樣量度有沒有「心」呢？只能讓時間告訴你。但是，如果你完成作品的時候，能夠感到一些當下難以形容的溫暖與祥和，那已經是一個好開始。

突破瓶頸練習

創作是一件很孤獨的事，創作人感受到一些事情，轉化成大家看得到聽得到的作品之前，經歷的可以輕於鴻毛，更多時候卻是歷盡千山萬水九曲十三彎之後的一點點沉澱，期間的人事，真的有苦自己知，誰叫你看到別人還未看到的？

創作本身很快樂，路上卻很孤獨。當你開始的時候，總是在模仿別人，慢慢一點一滴累積，練就了自己的風格；享受這種風格不久，所有事情得心應手，直到進入每一個創作人的惡夢：瓶頸位。

突破瓶頸位沒有絕對的方法，但有一些練習還是可以做的，讓我簡單分享一下：

一　用手——清晨放空腦袋，拿著筆和紙，想到什麼就寫下什麼，慢慢你會發現，開始了第一筆之後，手就會自己運作，在神智還未十分清醒時，你已經寫了一行又一行。溫馨提示：千萬不要每寫一行就回顧一行，跟著感覺走，寫到手有一點點累，就把筆記本闔上，第二天再來一次。大概一個月後看看自己寫了什麼，你一定會有所發現：自己潛意識裏的一些意念、一些太依賴邏輯時就沒法說明的想法或故事，甚至是自己的人生等等。

二　用字典——隨機的打開字典，看到什麼字就開始聯想。譬如「趕」，看看自己跟身邊人有什麼關於「趕」的事情，趕什麼、趕事情的上文下理、相關問題、好處、壞處、後果、趕的相反……把你最有感覺的寫成一段文字，看看下一步會如何。

三　用數字——每一個數字都可以有自己的發展，譬如一是孤單、獨特；二是情侶、幸福；三是選擇、矛盾；四是友誼；五是……天馬行空的想像，選一個數字，尋找生活上跟那個數字有關的人物和事物，再發揮想像力。事實上，很多有趣的故事都是數字的魔力：兩大陣營、三國鼎立、*Sex and the City*、忍者龜、銀河守護隊的四人組合等等，都是基於四種不同類型人物組成的化學作用。

危險的文字

創作歌曲時，創作人有時只會配上「啦啦啦」在旋律上，沒有歌詞，只要 demo 裏主音把音唱準就能成事了。

我的其中一個身份是歌曲／唱片監製，聽 demo 選曲時，如果歌手唱的是「啦啦啦啦」，歌曲提供給我的想像空間會更大，更有可能性，被選中的機會反而會高一點。除非 demo的詞剛好配合到歌手案子的主題，否則再好的詞也很難被一併錄用。

把旋律「啦」出來是最乾淨簡單的做法，但有時創作人會胡亂地，或隨機地把一些沒有意思的發音唱進旋律裏。曾經有一段時間，來自香港的 demo 有很多假日文出現；外國有 Conteau Twins，香港有王菲，她們都曾經自創了一套語言當歌詞，純粹好聽就可以。

我一向對文字十分敏感，假日文、泰文、韓文我反而可以接受，反正我完全不明白嘛；出狀況的，通常是讓我明一半唔明一半的東西，不合情理、不跟邏輯、不理聽眾感受、完全跟文法作對的英文歌詞，對我來說是死穴。這個可能是我個人的問題，但有歌手竟然可以把這些廢話出版，不尊重「作品面世」這件冇得翻轉頭的文化責任大事，簡直令人失望和憤怒到極點啊。曾經有一位聲音氣質都蠻好的男歌手，推出一張「原創」英語大碟，就徹底犯了以上的所有錯誤，從此以後所有關於他的一切，我都一概不再接觸……

母語為粵語的創作人，嘗試寫國語歌詞的情況其實也差不多；寫國語歌詞沒有粵語的聲調規矩，似乎容易得多，但別以為自己聽起來順耳就可以過關，**國語歌詞的精粹是意境，看似輕描淡寫的用字，其實有很多**

文化考慮和設計在裏面，不深諳國語文化背後意義的粵語創作人，很容易會寫出完全不合時宜和不合邏輯的國語歌詞。

記得，唔好亂嚟呀各位。

將錯就錯

無論你有多少準備，都有機會出現突發狀況，有時候是被逼的轉危為機，有時是即興變陣。

2017年2月，我的專輯《絕對清白》影像部分已經準備就緒，連恐龍化妝整個團隊都已經把前期做好，還有攝影、錄像、茶水、康樂，所有單位都可以開工。怎知道前一天我身體狀況出現問題，進了兩日醫院，康復也要一段時間，不能立即復工，而且合作單位個個為大忙人，錯過了一天難得的機會後，期表滿滿的大家總不能把工作順延一兩天，要齊人的話，一等就是一兩個禮拜。

這樣牽一髮動全身的時間調動之後，要處理的實在太多，有時候只能見步行步。視像團隊首領——導演麥曦茵說，也好，大家有多點時間準備。終於，齊腳拍攝那天又有事情出現：現場有很多贊助的衣服可以選擇，根據 styling Kimhoo 預備了的參考，其實已經綽綽有餘，但當我們能夠選擇的時候，總希望可以更好。

最後，頭飾是概念化的恐龍鰭，我背部的東西也是抽象一點的恐龍鰭，但其實後者本來是沒有的。

事發經過是，試造型時 agnès b 的那套西裝太大，我提議不如將錯就錯，我連衣架穿上，反正「恐龍變人融入社會」先天是一件很多稜角的事情。衣架的鉤從後領突了出來，我又提議，不如將 hairstyling Jean 預備了的幾款頭飾的其中一款掛上去，成為恐龍鰭吧。

有狀況就會有對策，並不在於能不能，而是肯不肯去想辦法。

系列

在一個歌手的生命裏，能夠有一兩首傳世的代表作已經很難得；這些代表作不是你自己說的，而是需要天時地利人和的配合，再經過時間的磨練，才能有機會釀造出來，變成經典。

成就經典需要很多因素，同時很多賭博，靠的是外力。獨立存在的、沒有上文下理的，效果是一剎那的燦爛，作品的主人仍然處於十分被動的狀態。

在流行文化裏面，始終是故事才可以留住聽眾觀眾的心；如果單獨作品背後有故事，會讓經典增加味道，提供另一個層次的解讀，那就還得神落了。只是，這個被動的狀態有點無奈，就算作品的主人有背後的故事，還是要等待受眾對作品本身有興趣，才會有機會被發掘;但是，如果作品本身已經明顯地有多於一部，那就已經是一個故事了，例如：

一　上下集；
二　前傳／後傳；
三　三部曲；
四　四部曲；
五　五部曲；
……

大家應該可以立即說得出這些系列故事吧：《星球大戰》、《哈利波特》、《魔戒》、《哈比人》、周星馳的《西遊記》、《北京西雅圖》、黃偉文設計給麥浚龍的概念歌曲《念念不忘》和《羅生門》；如果大家剛巧有聽我的歌的話，我也曾經出過《Travelogue》系列：《遊樂（Travelogue One）》、《一個人在途上（Travelogue,

Too)》，以及《城市旅人(Travelogue Three)》。

把多於一個以上的獨立作品放在一起，稍微加一點設計，加起來的價值很容易多於總和，加一點點解畫，讓受眾多一點東西玩味，作品生命力自然會更持久。

橙和檸檬

接受訪問時，對方常常會給我預設：獨立音樂這條路很難走啊！大家都已經一致認為做獨立音樂人很艱難，而我的回答每次都令訪問者會心微笑：有什麼職業是不難的？再難，如果你喜歡的話，多難都不怕。

最怕的，是捉錯用神。我們做的，一直是西方傳來的音樂：別人的音樂文化有著相對深厚的歷史背景，音樂與社會發展緊扣，甚至能帶動人文思想，主要傳達思想的民謠跟搖滾，鼓勵聽眾對社會及機制提出質疑，繼而可以影響政治，但大部分中文歌聽眾對中文音樂的認識與接受程度，就止於娛樂。而且，中國人對文字一向比較敏感，十個聽眾有十個會對一句歌詞產生深深的共鳴，卻很少會有人說：「噢，那段結他彈到我心裏去了。」明白了這些文化特質，音樂人大概不會再埋怨聽眾「不懂音樂」。再者，音樂也是一件專門的事，如果一個飛機師不會因為乘客不懂飛行知識而感到痛心疾首，音樂人也應該放過聽眾吧。

我想，在這樣的環境下，只有超級天才和頂級白癡，才會有心有力繼續做流行音樂，而我絕對不是天才，頂多是塔羅牌裏的愚者。我不是胸有成竹地創造機會，只是常常忽發奇想做些有趣的事而已；我亦沒有長期處於亢奮狀態，任何事都誇張地樂天面對，只是，世上只有一種方法做事，就是盡力做到最好。努力，只有／只要自己知道就好，**如果你的工作／作品做得不好，你的努力對別人是沒有意義的**，要別人體恤甚至支持你的努力，更加奇怪。一個表演工作者／創作人開口請別人支持自己，是多麼令人惋惜的事啊。可是，二〇〇〇年後的音樂圈，已經濫用了「支持」這字眼；對於買了專輯，演唱會門票的知音人，我會衷心說聲「謝謝支持」，但絕對、絕對、絕對不能，亦不會在別人還未知道我的作品是什麼之前，就開口討支持。每一個人都在為了自己相信的事情努力，你做的事情與別人無關時，別人是沒責任支持你的。

我仍然深信讓作品說話，更勝千言萬語，所以寫了〈鏡子說〉作為十年小結，重點在於副歌尾句：「如果堅守變強求又如何，還是要頃出所有」。建設會遭破壞，但你總要建設；心血會不被珍惜，但你總要花心血。韓國偶像席捲香港，所有歌手唱普通話北上發展，但總有人需要廣東歌（這個有點牽強，但你明我意思啦）。如果堅守真的變強求，那就是與那人那事沒緣分，別說可惜。

看看來時路，香港竟然出了一個這樣的林一峰，也許真的是一個啟示：每一個人都可以是林一峰，只要你由始至終磊落地做自己，不問結果地努力，你就可以在自己的領域熬出頭來。如果每件事情都有一個存在意義，我想我的存在就是這個了。

要做的，應做的，我都盡量做了，任你怎樣努力耕耘也好，總不可能要求你種植的檸檬比橙大。我們只要專心的做自己的事，偶爾為有緣的人帶來一點發洩或安慰，就已經功德圓滿了。其餘的，就放心交給時間。

交流

2015年12月，我很榮幸能夠跟香港中樂團完成了兩場音樂會——「林一峰 × 香港中樂團」，與指揮周熙杰合作愉快，也跟樂團的樂手高手們玩得很盡興。

大樂團是一個群體，主角本身已經很豐富多彩；只是當與流行歌手一起演出，聽眾的焦點很容易會落在歌手身上，全因為聽流行歌的人習慣問題：唱怎麼樣，旋律怎麼樣，歌詞怎麼樣。其實音樂好應該是一個整體，不同的樂器就像不同的人用不同語氣奏出不同的對白，是一個整體啊。

在預備階段時，很多流行歌手會選擇加入流行樂慣用的節奏組合，有低音結他、有鼓，但往往會犧牲了樂團本身有的層次，以及樂章起承轉合細膩的位置，稍一不慎，珍貴的樂團聲音就會淪為背後的陪襯，有點可惜。

我跟音樂統籌伍卓賢有一個共識：除了兩首歌由我自己彈的結他伴奏之外，其他音樂全用中樂團的樂器演奏，不會引入西樂，務求凸顯中國樂器的細膩；也正因為如此，現場的人聲樂隊聲量平衡，都跟流行音樂演唱會的不一樣。觀看流行音樂的演唱會，通常大家喜歡離舞台越近越好，但這類在音樂廳的演出，則是堂座第六行開始到樓上頭四行音響效果最好。

那麼什麼才是「中國音樂」呢？中樂的可能性很大，什麼樂曲也演奏得到，但對不對味是一個要花功夫時間研究的課題。對於我來說，**中國音樂並不單是用中國樂器演奏或填上歌詞的歌，而是一個發自內心的感覺，一種對情的留戀及嚮往。**

音樂取向

最初構思香港中樂團 crossover 音樂會時，我先決定有什麼曲目是一定要包括的。除創作了〈陳忠漢與趙美鳳〉，重新發展粵語文化獨有「小曲」的可能性外，當然是電視主題曲。

在世界舞台上，能夠代表香港流行音樂的，一定是7、80年代的電視主題曲：一種融合了小調、西方和弦，以及日本演歌的曲風，世上沒有其他地方的音樂有如此氛圍。

武俠片的歌詞其實很有浪跡天涯旅行的況味，這點跟我一向的音樂方向互相配合；於是我們就從武俠片開始，發展出其他的可能性。行走萬水千山，大概離不開世界各地的民謠，這一次我選擇了中國以外世上三個文化的民謠，包括愛爾蘭 Celtic 系列的古旋律新詞、英國百年老歌新詞，以及美國近代流行民謠。

愛爾蘭的傳統樂器其實跟中國樂器有很多共通點：愛爾蘭的大型吹管（pipes）跟中國的笙很像，彈撥的也是傳統的旋律跟中國小調一樣幽怨，有時候更波瀾壯闊；我選了〈Too Late Love Comes〉，此曲原為愛爾蘭傳統作品〈Dawning of the Day〉，近年由加拿大的音樂人歌手 Jennifer Warnes 譜上新的歌詞。

英國的民謠輕巧一點，比較像中國文化流水式的溫柔，我幾年前曾經將 Thomas Moore 百多年前的創作〈The Last Rose of Summer〉重新寫上國語歌詞，藍本是美國詩人 Shel Silverstein 家喻戶曉的故事《The Giving Tree》，成為了《老榕樹》。

美國的代表就是 Peter Paul and Mary 60 年代的〈Puff the Magic Dragon〉，全因為龍在中西文化的有趣差異，以及能夠發揮中樂樂器帶故事性的聲音。

我的音樂老師

在「林一峰 × 香港中樂團」音樂會完場時，發生了一段小插曲。

我跟指揮周熙杰在大堂的簽名站坐著，替觀眾們簽名留念，數百人很有秩序地排隊，很多朋友在拍照。忽然，我看到一個中學同學興奮地指著她旁邊的人，我的身體反應比腦更快，站起來撥開圍欄向那個人走過去大叫：「Miss Teng ！各位觀眾，這就是中學時教我音樂的恩師 Miss Teng 了！」我也顧不得那麼多，可能阻礙簽名進度，也有可能會讓老師尷尬……一切都不及那個即時的致敬重要。

鄧天華老師，我的中學老師，教我音樂及英文，她跟學生之間的關係像大姐姐跟小朋友多一點。在必要的教程外，她會告訴我們更多關於生活與生命的輕鬆道理。當時的我們都不知道，**那些知識是生命的養分，而且比任何一個科目都重要**。

雖然讀了十三年基督教學校，但我由始至終都是一個沒有宗教信仰的人。音樂課上我們要學習唱聖詩，Miss Teng 會彈著琴教我們唱著奇怪的文字，四正平板的旋律。只是，我聽到她用和弦的方法，適度的裝飾音，讓本來簡單的旋律變成魔法咒語，讓你很想聽聽下一句是什麼；就算是同一首歌，她每一次彈的東西、用的和弦好像都不一樣。除了和弦之外，記憶中她也從來沒有重複過每一天的裝束。Miss Teng 用衣著告訴我們什麼是品味：優雅的、成熟的、漂亮的套裝，讓同學們每天都眼前一亮。

有一次，Miss Teng 負責一節全校集會，她仔細地介紹一首英文歌給大家：Diana Ross 的〈Do You Know Where You're Going To〉。這首歌與這位歌手背後，當然有很多層次的解讀，我也是日後才慢慢懂得那些細微末節，但就是那一課，Miss Teng 給我打開了音樂上一道重要的門——美國傳奇騷靈廠牌 Motown。

我仍然對教育制度有很多質疑，但我由始至終都知道，老師才是整個教育環節裏最重要的。

謝謝永遠知性美麗的鄧天華老師。

靜默亦似歌

彭秀慧的舞台跟電影作品《29+1》，是一道通往時光隧道的門。

那是一個有關時間迫使你去重新審視人生，以及作出抉擇的作品。不同年齡的觀眾都有不同的領會，從相似的感覺，亦即共鳴開始，再想到自己的事。

我的《29+1》那年做了什麼？媽媽一生人唯一一個偶像是陳百強，我希望在30歲的時候送一份大禮給媽媽，於是就做了音樂舞台劇《一期一會》。跟W創作社合作的音樂劇場裏面，九成歌曲都是陳百強的，我們就用熟悉的旋律與文字說一個新的故事;那個時候，我自以為對陳百強的歌已經十分理解，還用他音樂裏的感情世界，重新創作了一首歌〈櫻花訣〉，副歌是這樣的：

愛你所愛　落得絲絲嘆息
卻始終不想放開
信你所信　目空誨導善言
原來從來不想被愛

一轉眼10年過去，我對已經在血液裏的陳百強作品，又有另一個層次的看法，也是時候再在已有的作品裏，提煉出新的感覺——那種溫婉的浪漫，就只有他了。只是，我希望做到的，並不是把那些作品變成2017年的現代聲音，而是逆著時光，推向再遠的時代——那個 Nat King Cole、Peggy Lee、Ella Fitzgerald 的黃金時期——60年代。一切樂器與錄音都是真實而溫暖的，就是那個時代造就了最浪漫的流行音樂，我們就試著將陳百強的浪漫，通過60年代的感覺再極致化。

情懷令我們往後看，共鳴讓我們往前看；陳百強音樂給我們的共鳴，是繁華盛放背後的一絲若有所思，是秋天的童話，是對於恬靜美好的永恆嚮往，是星塵，也是世界最需要的浪漫。

翻唱的真義

2017年，我做了一個叫做《我和你的床頭歌》的演唱會，演出的內容主幹，是由我演繹陳百強的歌曲。

身為一個創作人，為什麼會選擇做一個主要翻唱的演唱會呢？

我以香港唱作人自居，我的本質與火焰來自創作，但是我的能力有時候會亮起紅燈；我喜歡給予、付出，但我越來越吃力，更糟糕的是，勞累讓我不快樂。我需要力量，而過去的養分，正正可以給我面對將來的力量；承先才可以啟後，知道我們從什麼地方來，才可以展望未來，所以我選擇了陳百強的作品，來給自己也給大家打打氣。

現在比較年輕的聽眾很多只關注韓星，讓努力創作中文歌的人很沮喪，很氣餒。我記得我長大的80年代吹過很強的東洋風，當年的日本偶像熱潮直捲香港，大家都仰望日本文化，本土的東西都要讓開；但你看看，現在大家最珍惜最回味的是什麼？不是當年的日本偶像，而是自己語言的人事與音樂。

雖然，現在這一刻的香港年輕人不把粵語歌放在第一位，但仍然有很多音樂人在自己的崗位努力，做自己能夠做到的，可能只為了生計，但無論如何，這個傳承是為10年20年之後的本土流行文化立下根基。我們不能沒有自己的文化根基，不能失去了才來可惜，才開始學習珍惜。

音樂行業當然有漏洞，也非一時三刻可以填補，但我想最大的問題，是來自大家對於音樂歷史的認知與尊重。**要「撐」粵語歌，就不能將粵語歌放在博物館裏，**大時大節就拿些方便的資源來懷舊一番，而是需要活化，在對的時間，做對的事情。

向前推向後進

2007年用陳百強的歌曲說新的年輕人故事，我跟朋友做了音樂舞台劇《一期一會》，音樂上並不是我心中最想達到的效果。其實整件事都是做到最到位、最滿分的，只是音樂上的處理跟我最初的想法有好一些出入；《一期一會》說的是一個特定故事，音樂其實頗次要，所以一有劇情或舞台上的考慮，音樂就需要做出遷就與調整。那個案子是一個過程，對我來說是第一次正面接觸「翻唱」。

2012年做專輯《愛郎書》，那是用徐小鳳作品的歌詞出發，重新建構歌詞背後世界的可能性。《愛郎書》是很具實驗性的案子，原裝版本那些70到80年代的聲音，雖然極具代表性，在當時的社會達到流行曲應該有的功能，但帶著異鄉人漂泊感與城市人生活智慧的歌詞，卻可以有新一代的共鳴。所以我決定全碟大部分歌曲都要用現代，甚至是「未來」的處理手法，把音樂向前推，就算用傳統樂器，也用了不傳統的錄音和混音處理。

2017年做演唱會《我和你的床頭歌》，以及專輯《細水如歌》，則是把音樂放在最重要位置的案子。陳百強音樂出現的時代是80到90年代，當時大家都在趕潮流，我要做的就是替歌曲褪去當時的潮流外殼，把一直潛在歌曲裏的浪漫做到極致。〈煙雨淒迷〉和〈夢囈〉，我在紐約用了12人室樂樂隊同步錄音；〈盼三年〉只用了一個鋼琴，突顯情緒張力；〈迷失中有著你〉用魚絲結他和最簡單的鼓，描繪海邊的身心寧靜……**細水長流的音樂不宜過度解讀**，簡單直接做到最好，就是最恰當的處理了。

真正的老細

記得當初我用盡方法跟力量，遊說身邊音樂人放案子到音樂蜂作募資時，幾次遇到這個情況：音樂人 A 說這個新的方法行得通，我們也會考慮，搵唔到老細就一定來。

啊，搵老細。這是傳統唱片工業的做法，有老闆看中了你，然後放資源在你身上，讓你靚靚仔仔的把作品交出來，在觀眾面前光鮮示人。

除非是父母或者長腿叔叔會不計算地給你資源外，老細會投資在你身上的目的，就是可以「返數」。老細在你身上投資了 30 萬做音樂，當然就要用方法把投資賺回來，而最直接的就是賣實體專輯／產品；當市道不景氣，而數位音樂也永遠無法讓你回本的時候，歌手就需要做很多其他不同的工作，去幫投資者賺錢。那是本末倒置的做法，音樂生態長期不健康，做出來的音樂也容易傾向以「商業」為主。

好啦，上電視節目啦，做音樂真人 show 啦；這些比賽免費給大家看，歌手可以純粹表演，那不是很純粹嗎？電視台製作節目所費不菲，收入就靠商戶在節目內賣廣告；廣告商投資了廣告費，就要靠賣產品賺回來，最後收入還是來自聽眾：買一支洗髮水，一包衛生巾，一盒朱古力……

我很贊成商業活動，但最好不要本末倒置。如果樂迷能夠最直接的支持自己喜歡的音樂，那麼音樂人就可以專心致志，不直接受商業活動擺佈。換言之，最終能決定音樂人命運的，就是樂迷的一分一毫。

樂迷，就是最大的「老細」；大家都在「等老細」，老細，卻原來一直都是正在讀這篇文章的你。

歌手們，你真正的老細是誰？永遠是你的聽眾。

音樂蜂

「音樂蜂」的第一年，我體會到不少。

這個預付銷售模式在香港算是一個新嘗試，還是有點艱難。由當初開始時我四處跟別人說這個概念，別人從一頭霧水到半信半疑，直至第一個案子——我的專輯《Crossroads》成功籌得40萬港元製作費，跟著有其他音樂人相繼加入……只是旁觀的多，很喜歡我們的理念，卻無能為力的更多。期間聽過的、間接或直接的難聽說話，多半是出於對音樂蜂的不理解：我們不是一家唱片公司，更不是政府部門，少部分是對我們（或者我）的關心，或是嗤之以鼻。

幾個志同道合的朋友，只有幾個腦袋幾雙手，以及同一個信念，帶點盲目地相信音樂有價；我們走了接近一年，於是希望搞一個show來慶祝一下。

舉辦一個正式的音樂會，我們自己出錢出力隨時都可以，為什麼要用眾籌形式做一個音樂會呢？因為我們相信創造新的模式，建立新的機會，我們情願走一條比較崎嶇的路，所看到的風景可能會分外美好；我們希望有人相信用音樂養音樂的理念，一起成就香港第一個用眾籌形式舉辦的正式音樂會，所得到的65萬會是啟動資金，賺到的錢也將會是音樂蜂來年的營運資金，讓我們這個平台可以成就更多理想。

音樂蜂路上，對的人一直出現，一起成就了一個又一個案子。第一年在音樂蜂籌得的總額有200多萬港元，第二年的累積加起來多於500萬港元，全都用在大家聽得到的音樂，或者是觸摸得到的音樂產品上。沒有聽眾的支持，就不會有銷量與口碑，只是我們還是常常聽到別人「有骨」的說話，有一個意見是這樣的：

你自己都未顧得掂，搞咁多嘢做乜呀？

也是有道理的，而我的出錢出力也不能沒有底線；只是，每次看到大家用自己辛苦賺來的錢，投放在一個又一個案子上時，頓時覺得一切都很值得。而我亦更肯定，**一起成就一件事而成功，比一個人獨善其身的成功更重要。**

講到尾，又係……

簽大公司啦，簽大公司就有錢做音樂了。

這是一般人的認知。大家也會覺得，簽了大公司的歌手應該賺很多錢啦，大唱片公司也有很多錢啦，唔使我支持啦云云。

請想想這個循環：一首新歌的錄音成本大約5萬元，拍一個MV大概8萬，以一張大碟十首歌兩支MV來計算，不計宣傳成本以及基本的印刷，已經要60多萬。這個年頭大家已經沒有買唱片的習慣，數位音樂的收入也普遍侮辱性地低得可憐，唱片公司要賺回成本，就要歌手做跟音樂無關的事。獨立音樂人的一分一毫多數都來自聽眾買唱片，看音樂會，而大公司藝人呢，面對的問題可不一樣了：人家投放了這麼多資源在你身上，難道你可以純粹地做音樂，什麼都不接嗎？噢，其實以前是可以的。

以前大家會買黑膠唱片、卡式帶，到後來的鐳射唱片，那個消費是關鍵的第一步；音樂工作者努力的，專心的製作，表演者專心的表演，純粹做自己最擅長的事，因為音樂愛好者會付出金錢，形成龐大的市場，流動的資金讓專心致志做音樂的人努力有回報，能夠用音樂賴以為生，並且有尊嚴地、不被周邊產品左右地做出純粹的作品。**代言、廣告、市場營銷並無不可，而且這是努力的回報，是應該的，但若本末倒置就會讓音樂的生命減弱縮短。**

娛樂圈是夢想地，音樂更加是魔術，說真的，我不想把這個魔術揭穿;事實是，這個魔術最起碼的第一步，是消費者的金錢付出。對不起，我也很想不把這冷酷的事實放在大家面前，但是：藝術創作，是需要資金的；無論你是獨立經營，還是大公司的藝人，聽眾的實際支持，其實仍然主宰了一切。

終極支持

某位大唱片公司出身的年輕音樂人在雜誌訪問說，希望自己有朝一日可以專心做音樂。看完那篇訪問後，我有點難過，心想，專心不是應該的嗎？

其實香港「音樂」的核心價值，就是明星制度，這點一直沒有改變過。大公司話事，追捧天王天后，說穿了其實是大眾傳媒的互利遊戲；這個遊戲當然有人贏，只是很少數，而更大的問題，就是如何進入這個制度。簡單的說，很多包裝，很多資源，新人被力捧，舊人要維持人氣，表面上要給觀眾有風風光光的感覺，全都是投資；當現在的唱片再不賣錢，甚至很多業內人士也相信不能回本，做生意的人又有什麼方法「返數」呢？

有，就是要歌手做跟音樂無關的事；從純粹的音樂人做起，到稍有成就，然後要變成多線藝人的例子有太多，但當中有多少是完全自願的呢？大部分香港歌手能賺到錢，都是需要虛無縹緲的「人氣」，而人氣背後的付出，很多時候都跟音樂無關。

我絕對不是說不喜歡商業活動，事實上，一直以來我自己也是受惠者，不過，事情不可以本末倒置。音樂人絕對不能與商業為敵，可以有選擇性地參與跟自己理念相近的商業活動，但本身必先要做好音樂，而不是為了繼續做音樂而去賺別的錢，用九成生命忙於為公司跑數。

以前很多不同的音樂類型，也有很多純粹用音樂維生的行業工作者，都是因為當時的唱片銷量，能夠提供足夠的可持續收入，讓音樂人可以專心致志的做音樂。而你可以支持的方法，聽來有些荒謬，但就是這麼簡單：買一張唱片。

冠名贊助

《XXX 呈獻 XXX 演唱會》，大家都應該會對這樣的名字有些印象。XXX 就是 title sponsor，即是投資得最多在那個項目／活動的單位，這個冠名贊助商支持活動的形式可以是現金、廣告覆蓋、商品，冠名贊助商得到的回禮，可以是音樂會部分獨家門票，名字出現在所有有關音樂會的宣傳資料上，而最重要的就是：威威。其實，這就是品牌已經預算了的媒體廣告費，如果品牌／贊助商覺得音樂會主題／音樂人形象能夠幫助到品牌的形象建立／強化，那是一件相得益彰皆大歡喜的良緣。

搵到老細固然大家開心，可是我以自己 label（「LYFE」以及「思人創作」）舉辦過的音樂會，無論是替自己辦的，還是替別人辦的，就從來沒有這個經驗。

另外，天使投資者是大家都嚮往的長腿叔叔，只出錢，不出面，而且不會干預製作與創作，有數交代就可以了。很遺憾，我也從來沒有遇到過長腿叔叔的。

無論得到的投資來自什麼單位，其實大家最終都是看著數目做人：條數點樣返嚟先？贊助商放了資源在項目裏面，就要有成績，幫助到營業額，即使是來自消費者的金錢。這樣子兜一大個圈，還是回到最基本的問題：這藝人／項目賣唔賣得。

那麼，這麼多年來我主要靠的是什麼呢？就是最直接最有效的支持：聽眾買票、買碟，樂迷就是我最大的贊助商與長腿叔叔了。

多謝各位老細多年支持！

慈善的暴力

大眾都有個錯覺：歌手賺很多錢，所以要做很多慈善的活動去回饋社會。

很多歌手會義務做很多演出，分文不收，為了某某慈善團體出力；歌手及唱片公司們憑音樂及商業演出賺到錢，用名氣和音樂回饋社會，功德無量。比較有名的單位獻唱一兩首歌曲，讓娛樂版的記者朋友有報導的觀點；比較新晉的，則把握表演機會，得到注意，同時為社會出一分力。

電視台的籌款騷，大家都有目共睹：善款數字逐年遞增，似乎社會有很多人能受惠。無論如何，慈善團體的籌款騷總可以提高大眾對社會問題的注意，那就讓有錢有力的總理們過一下表演的癮，歌手亦往往可以在大騷得到曝光及人氣，各有所得。

更有趣的是，市面上有很多民間團體，用慈善作招徠，說為哪個哪個機構籌款，利用歌手無底深潭式的附加社會責任，邀請他們免費演出。燈油火蠟人工製作費，全都是錢，分分鐘籌不到款；騷倘若真的有盈餘，買過這類票的觀眾，其實你有沒有查問過，籌得的款項到底最後到哪裏去了？

慈善以外，在電視台的世界，歌手往往要全面倒貼活動：我給你宣傳的平台，你為我免費做牛做馬，我也「可能」會在年尾的頒獎禮分你一點甜頭。宣傳嘛，不能計較。這種活動效果雙贏，如果市場健康的話。音樂市場健康，歌手樂團能用音樂養音樂，再多的免費／慈善演出也要做；可是，現在大多數單位都只是催谷人氣，換得一身功名，實際卻入不敷支，表面風光。**有很多電視台換票的騷，每個參與的單位都有人**

工……除了演出單位之外。

歌手的演出，其實倒貼比能賺錢的多得多。最需要接受捐款的，可能是一心只為做音樂的朋友。

音樂 vs 音樂商品

每一次我去欣賞一個音樂會，進場前一定會到前台看看那個單位有什麼新產品出售。對演出者而言，音樂會是一個最直接把自己相信的東西與大家分享的途徑，尤其是獨立音樂人，目標聽眾都在同一個空間裏，讓表演者可以毫無顧慮的做自己，繼而得到最直接的支持。

有演出的時候，通常都是有新作品面世的時候，表演單位除了賣新唱片之外，就是紀念品。紀念品可以幫補歌手／樂隊的收入，有時甚至是唯一的收入來源；對於新紮單位，有些演出其實是宣傳，更可能不會有收入，這些紀念品就很重要了。

音樂會紀念品層出不窮，最常見的是印有巡演時間地點及某專輯封面 key art 的 T 恤、額頭位置有歌手／

樂隊標誌的鴨嘴帽。一個歌名或一句歌詞，也可以當作標語用，印在產品上面；只要是跟藝人本身有關的事物，簡單直接到只用藝人的大頭相，其實也可以說得過去，**但真正能夠讓支持者甘心支持的，總需要多花一點點心思**。

香港重金屬樂隊鐵樹蘭，為10周年演出在音樂蜂眾籌期間，想出了很多鬼主意：特別版鼓棍、個別歌曲的套譜等，全部都跟他們相信的事情十分配合，而作為樂迷最感興趣的就是這些。比起把自己嘜頭印在玻璃杯上發售的商品，鐵樹蘭所放的心思明顯比較多，喜歡他們的人自然會更欣賞他們了。我自己則設計了一款 travel wallet，內附一張新歌的下載卡，實用為先，也切合我其中一個長久的主題：旅行。

只是，當音樂本身慢慢變成一件次要的事，作為音樂人怎樣才能拿捏到位，平衡荷包與理想呢？最終還是要靠樂迷主導：究竟你想買什麼？

尾龍骨之謎

尾龍骨的存在，讓我想了一陣子。我們跟猿人都有尾龍骨，而猿人的親戚——猴子更有尾巴；如果猴子進化為猿人，猿人進化為人類，那麼我們本來就應該有尾巴了。

最忠於源頭的、最純正的就是真摯的話，那麼我們應該找回自己的尾巴，還要露出來才對（這是我的專輯《絕對清白》想探討的東西）。

究竟你的真摯可以追溯至什麼源頭？小朋友看見有什麼事情跟他的認知有出入，他會直接地說出口：哥哥你未拉褲鏈呀，姐姐你有臭狐啊，姨姨點解你個肚腩咁大嘅，叔叔你……在大庭廣眾問大人一些尷尬問題，又或者說及令所有人都不好意思的話題，只有小朋友可以，而且被原諒只會是頭一兩次。

在公眾場合小朋友最先學懂的，應該是禮貌;有禮貌，讓所有人都舒服。撞過一兩次板之後，我們知道事實需要一定程度上的粉飾，老實也需要在適當的時候收斂，否則就變得很沒禮貌。不懂人情世故，在社會裏面寸步難行是自己的事，侵犯到別人的規矩與安穩才是最罪大惡極、不可原諒的錯誤。

你總不能說老實是錯的，只是，究竟需要交出多少才算真摯，隱藏多少才算有禮貌呢？

我想，我們做的只可以是能分辨什麼是對的時間，展示出自己的尾巴，不需要大搖大擺招搖過市，又能不卑不亢的做自己，對得住自己。

與其……不如……

與其跟大眾理論越辯越失控的種種是非，去爭一夕之長短，不如深呼吸靜下來，讓時間來替你解答種種。

與其迎合不斷變化、跟隨別人走的市場，不如製造一個由自己帶領、走在別人之前的市場。

與其不斷想著已經失去了的時機，不如努力下一件事情。

與其有態度，不如有氣度。

與其等待機會，不如創造機會；與其創造機會，不如讓自己相信奇蹟。

與其拍照片來炫耀，不如專心記得當下除了視覺之外的其他感官。

與其把別人比自己優勝的條件放大，不如讓自己的獨特性發光發熱。

與其搖旗吶喊去捍衛粵語歌，不如先把歌寫好、唱好、做好，讓作品說明一切。

與其將自己孤立，不如嘗試讓別人懂得你。

與其花精神做一些自己也不相信的事情，不如做一些別人尚未明白但自己衷心相信的事情。

與其做一件大家都在做的事，不如做一件還未有人做的事。

與其做一些大家都做到的事，不如做一些只有自己才做到的事。

與其花很多短短的時間去做很多小事，不如花長一點的時間去做一件大事。

與其做一首歌去尋求一個曝光，努力迎合大眾消費文化，不如花多一點時間、精神、資金，去做好一張完整的唱片，把自己最完整的思想跟大家分享。

與其到處忙著社交生活，不如花多一點時間獨處，讓自己看清楚每一件事情，每一個人，每一步。

與其在社交網站不停張貼，努力網上聯誼，不如將自己收起來一會兒，用好的作品跟大家交代。

以上都是我個人的想法，但可能就是這些想法，讓我可以仍然在光怪陸離的演藝圈糊裏糊塗的走到現在。

一峰給Chet Lam的話

又是時候回顧一下你上一年做的事。

從你的工作軌跡顯示，你仍然是一個音樂創作人，這點讓我很安慰。有幾陣子我感受到你的無助與吃力，總算過去了。現在，讓我囉唆一點點，好讓你在下次洩氣時，有幸記得需要提醒自己的事。

創作的意義，就是要搖動自己的 comfort zone，然後讓別人反思。

做新的東西，當然會比較刺激，但同時也容易吃力不討好。那你就要問自己，**做的動機是什麼，如果是對得住自己的，就不問結果的去做吧**。

藝術創作是主觀的，每個人審美眼光不同，也沒有人有必要非喜歡你的東西不可；遇到「不懂音樂」的人，要知道他們是無辜的。音樂是專業，音樂人只要顧好自己的專業就行了，要求聽眾或走勢分析專員都懂音樂，是對他們不公平的。幸運一點的，會遇到真正明白你在做什麼的樂評和知音，那就好好珍惜，然後繼續安靜地做下一件事，時間會告訴你你希望或是你值得知道的。

藝術創作的重點是看法，既然是看法，就不會全世界都認同。守著你的原則，其他沒必要理會太多；要知道，幕前的人，在大部分公眾眼中是不可以享有言論自由的，你最好只用作品說話。

你所說的故事不一定得到共鳴，你也很可能不是最棒的。你只能讓作品說話，然後把一切放心交給時間。

Ch.2 Sing Here

第2章

歌於斯

無責任樂壇評論

接受音樂訪問被問及最多的問題，是「你是否覺得香港樂壇已死呢？」噚噚噚，這些預設性甚強的問題，樂壇唔死都畀你問到死啦。事實卻是，還有很多音樂人在努力，而且活得不錯啊。樂壇仍在，只是範圍、認受性和消費方法不同了，只眷戀以前的輝煌是毫無意義的。

只是，香港樂壇確實有很多潛在問題一直沒有解決，其中一個問題就是：歌詞太過主導市場。我自己也是寫詞的人，這個現象對我來說是其實是好事，但放到比較大的世界，對整個樂壇的發展就有點危險。

文字主導的文化盛行了五千年，在中文歌的世界裏能帶動聽眾的主要是歌詞，音樂這位主角反而很次要，這已經是一個不爭的事實。在這個累積的情況越來越嚴重的同時，被貶在次要的音樂類型越來越單一化，正歌、副歌起承轉合，同出一轍的節奏，九成都是典型的 Slow Jerk 四四拍。不要說在世界舞台，在亞洲也沒有可以讓廣東歌突圍而出的新穎點子。

歌詞方面，從情歌到正能量生命哲學理論，寫得高深莫測的也有，深入淺出的也有，只是不懂中文的聽眾很難從歌詞入手，去發掘廣東歌的精妙。

另一問題是，擅長模仿的香港文化裏，音樂其實做得越來越精緻，素質越來越好，只是自己人的認同越來越低。**聽眾在不在乎，其實是流行音樂成敗的關鍵**。然後可能你會話：「唔係喎，仲有好多人聽廣東歌喎！」OK，但有多少人仍然會花錢在廣東歌的孕育上呢？

詞人獨大

由80年代抄歌詞，到近年的歌詞斷句配圖片，到大大小小表面上是音樂評論，實際上是樂壇走勢分析跟個人喜好意見文章，到幾個大型的中文音樂串流網站，宣傳大眾對中文音樂的認知，都只是著眼於歌詞。

中國人對文字的敏感與獨到，看看中國五千年文化裏以文字為主的根基，已經可以解釋一二。只是，明明80年代曾經風靡亞洲的中文歌已經開拓出新的領域，聽眾對於接受不同音樂的能力及意願已經提高，為何近年對音樂的認知討論反而會倒退呢？

大家都會買唱片的時候，行業有足夠的收入，能夠養活不同範疇的音樂人，可以做完整的專輯唱片；一個歌手除了一兩首主打歌外，還有其他的周邊作品，增加多樣性；市場好景，連主打歌都容許博一博有不同種類的曲式出現，聽眾自然可以有更多選擇。

從前，音樂行業一條心做好作品，媒體也是一條心去為行業打好江山。在電台打歌，是音樂行業主要的宣傳，大眾聽歌的方向，也是以來自電台播什麼為主去選擇。消費模式一直演變，大眾主要娛樂，從音樂節目變成遊戲節目、清談節目、哈哈笑節目、播歌時間越來越少，其他由受眾主導的媒體相繼出現，傳統電台的受關注度、文化影響力與廣告收入也越來越少；另一邊廂，音樂行業收入從賣唱片變成賣人氣和與周邊商業合作的案子，大碟變成一首一首的單曲，每首歌都被變成主要的宣傳工具，需要在已經越來越少的播歌時間跑出，就做最安全的東西：拍子一樣的、容易播的、容易上口的、來來去去都是差不多的曲式、起承轉合、樂器運用、演繹方法……剩下可以給聽眾研究與玩味的，就只有文字——歌詞。

音樂本身沒有發揮的空間，能在這個惡性循環裏面生存，而且越發重要的歌詞，在一成不變的中文流行音樂世界裏，也算是一個意外的奇蹟。

小調大氣

在美國的酒吧中，跟當地的友人談音樂，jukebox（點唱機）傳來的舊歌讓每個人都手舞足蹈。那是80年代的 Michael Jackson，對他們來說，那就是最大路的流行曲。所以，當他們問我做的音樂是什麼類型，我就說：shameless pop，大家都笑了。只是，他們的 shameless pop 是 Celine Dion、Taylor Swift，跟中文流行音樂聽眾對流行曲的認知還是差很遠。

中國流行音樂，其實很像拉丁美洲的流行音樂，尤其是情歌的部分。那些充滿澎湃情感的拉丁情歌，旋律流暢優美，起承轉合跟中文情歌很相似，只是用整個身心來愛到你發狂。歌詞永遠有「心」、「愛」、「有著你」、「沒有你」的拉丁情歌，是徹頭徹尾的熱血：Luis Miguel、Julio Iglesias、Pablo Aboran、Gloria Estefan 等等。一大堆情歌王子公主，大大個愛字鑿在舌頭上，而情歌只是他們絕技的其中之一，擅長婉約的中國人音樂，又怎可以跟拉丁流行硬碰硬呢？

中國人的情，流露在字裏行間，滲透出來的婉約要慢慢感受。

記得剛剛開始創作中文流行曲的時候，收到一個差事：我要為叱咤903古裝廣播劇創作兩首歌曲，由其中兩位主角主唱。寫給鄭伊健的〈夏桑菊〉，藍本來自鄭少秋的楚留香澎湃大俠系列；寫給楊千嬅的〈悲歌之王〉靈感則來自張德蘭主唱的小調。兩位歌手的作品，旋律很多都是來自顧家煇先生。那時候開始研究點點小調，在跟著10多年的創作裏也偶爾用上。

10幾年來，我處理其他案子時，喜歡偶爾把中國樂器應用在個別的歌曲上：向小鳳姐（徐小鳳）致敬的大碟《愛郎書》裏，我把她的名作〈漫天風雨〉重新編曲，荒井壯一郎的敲擊樂部分選用了花盤鼓，更在北京邀請到馬頭琴大師哈斯巴根來演奏，本來寫給小提琴演奏的旋律，用馬頭琴來演繹效果更淒美。另外一首我改編的作品〈夢飛行〉，裏面也有馬頭琴，敲擊樂方面，就有大大的戰鼓以及林林總總的小型樂器。在以上兩首歌裏，大家都可以聽到中國樂器不同的可能性。

要數玩得最瘋狂的一次，一定是寫給林二汶的〈愛你枕邊暖〉：從我的旋律到何秉舜的製作，我們都用足所有古裝電視劇集插曲的元素，除了歌詞：「飯我為你煮，湯我為你添，站了大半天，小腿粗了點」，〈愛你枕邊暖〉就成為了一首帶點戲謔的、輕鬆的，向所有家庭主婦致敬的仿古流行曲。

如果音樂是艷遇，文字就是正室。音樂是把聽眾耳朵勾引過來的工具，要留得住中國人聽眾的心，還是要靠歌詞，畢竟中國人對文字的習慣與感情已經有五千多年歷史，而流行曲到底也是西方傳來，不過幾十年的東西。帶著這個對中國人流行音樂的理解，我做了人生其中一張最重要的專輯《花訣》。

跟馮翰銘與黃馨合作的《花訣》，我們把中國人五千多年的感情匯聚在一張唱片內，文字上我將古詩詞拆解重組，意象上也套用了在詩詞中常常出現的事物。好像用探戈方法處理，描述尋愛慾望的〈春花祭〉：

像待放的花蕊

你的情緒瞞不過夜茶薇

心蠢蠢欲動

比嚮往複雜

比愛情純粹

……

紅梨花不折白不折

牡丹視死如歸

又如用安魂曲方法處理，哀悼逝去感情的〈鏡花緣〉：

春花秋月何時了

鏡花醒覺水裏凋

容顏會蒼老

椎心刺骨的一切亦褪消

卻跨不過奈何橋

……

暮雪染青絲 不見舊人的歡笑

這一切應該已完了

你應該已忘了

我應該也忘了

在《花訣》裏我負責所有歌詞與旋律(除了一首旋律由馮翰銘創作);音樂上,監製馮翰銘則刻意避開用中國樂器,而去試驗有什麼西方的樂器能夠作出對應,帶出同樣效果,表達得到那個特定的感情。那是一次經歷了五千年的感情盛事,整張專輯裏,一件真正的中國樂器都沒有用上,卻相信是近代流行音樂裏中國風最強的一次。

走得越遠,越知道根的重要。

改改改

我自己曾經在網上發表過一些改歌詞歌曲，詞人好友梁柏堅會樂此不疲在微博專業地玩票發表，黃偉文亦曾經在電台節目把流行歌大改特改，坊間更多一兩句唸口簧的改編詞，更每天出現在每一個角落，實在可令城市多一點顏色。

歌詞二次創作不是近年的事：當年大家喜歡在卡拉OK裏唱〈姨婆掉眼淚〉，不會令原唱者鄭秀文的〈如何掉眼淚〉變質；盧海鵬唱〈壽頭記〉「兜兜粉果個個食極唔完」，又不會玷污了達明一派的〈石頭記〉「兜兜轉轉化作段段塵緣」。無傷大雅的娛樂，如果有了二次創作的限制，大概大家會少了很多娛樂之餘，亦多了很多無謂的枷鎖。

我總認為，這些玩意很有趣很有意思，只要尊重原作，標明原著就可以了。版權法律的精神是保障原作者的權益，但很多時候原作人都會願意放鬆一點，沒有所謂；一用作商業用途，大家都會向原作者申請，手續做足，原作者總會得到保障。

有版權業的朋友擔心，萬一一首歌被改編，出來的效果引發創作人初衷被扭曲，或者歌手形象無辜受損，連帶所有有關人士及單位受影響……其實這個情況，就如地鐵候車平台幕門的設立：當地鐵站全線安裝幕門，大家等車時還是會守規矩，人多時，大家都不會覺得後面的人會忽然向前推，企圖把前面最靠近月台的候車乘客，趁著列車埋站時推落火車軌吧？這是一個社會裏人與人之間的共識，**有普遍的信任，社會才可以健康運作。**

版權意識是社會文明的象徵，立法時，最好顧及公眾的智慧，以及對公眾有一定的信任，有些日常生活小娛樂，實在很難禁止打壓。難道女士在街上被人叫一聲「靚女」就立刻告人性騷擾嗎？藉保護版權為名，實際是箝制思想的手段，表面上還有言論自由的香港，空間似乎比連 Facebook 都上不到的地方還要窄。

表面太平，卻草木皆兵，人人自危，永遠比強權施壓令人心寒。

為黃宗澤抱不平

改電影海報、改歌詞、改這改那，戲謔作品已經存在很久，為什麼現在才要為二次創作立法呢？

我的立場很簡單：我尊重版權及法律精神，亦同時認為既得利益者應該與時並進，一味禁止只會弄巧成拙。說到底，容不容許二次創作，最後應該由原創版權持有人決定。

我很懷疑，是因為近年網民樂此不疲的拿政治人物開玩笑，觸怒了有關人士，於是有關當局就有所行動。假設真的是因為扯上了政治，所以動議立法，那麼一個社會就真的很缺乏幽默感。**而面對壓力最好方法大概不是立法，而是幽默感。**

其實，說到要立法，偷影藝人在家中的私人活動，有時甚至刊登偷拍的全裸照，為什麼就不立法保護受害人呢？有一次黃宗澤在家中被偷拍，全裸照被刊登，他出來面對公眾時堂堂正正。既然絕對不是自己的錯，他亦是明顯的受害者，倒不如用幽默感面對，他還說很想有內褲公司找他代言，贏了氣度，亦贏了公眾的愛戴。

提議為黃宗澤立法，是純粹的假設。笑吓啦，香港人！

龍游淺水

中國流行音樂一向最欠缺的，就是「聲音」(sound)。

一首中文歌的流行，一向倚重歌詞。**中國人對文字的敏感遠勝於音樂，不能改變五千年的聆聽習慣，但在西方音樂圈，「聲音」永遠排第一**。Paul Simon 曾經說過，做每一張唱片之前，他想得最多的並不是大碟的概念，而是大碟的聲音，希望聽眾就算只聽到一小段音樂，仍能辨別哪首歌屬於哪張唱片。而用什麼樂器、怎樣錄、怎樣混音，就是那個「sound」。中文流行歌手很少能夠做得到，但一旦能夠做得到，就很大機會能突圍。

盧凱彤，應該是近年最突出的一個新聲音。自小鑽研結他的她，被黃貫中稱為香港頭號女結他手，當之無愧；但當看了盧凱彤的一人一結他演出，發覺她已經完全由組合 at17 時的清新形象蛻變，每一個結他的彈奏及處理，以至聲音給音樂帶動的生命力，已經超越了很多專業音樂人。樂器越簡單，越容易看到一個真正音樂人的真功夫，而由於是一人一結他的關係，在場觀眾都會把注意力集中在她的歌唱及結他聲音處理上，令所有細微的東西更明顯。而且，她自己的創作歌，那些和弦、旋律及歌曲結構等，每每都朝著那個獨一無二的「性格」進發，不要說是中文樂壇，就算把她放在國際樂壇，她仍能站穩陣腳。

但她唱的，主要是國語。難道粵語真的無福消受這樣好的音樂人嗎？

什麼？聲音？

當大眾都只把音樂當作娛樂，就不會留意到一個其實影響音樂生死的關鍵：聲音。

中國人聽歌向來留意的是曲、詞、誰唱，而不是「聲音」。很多人對一首歌的認知，是音階、拍子結合成一段旋律，曲詞唱組合而成的音樂（music）；而一段音樂用什麼方法演繹、用什麼樂器、怎樣錄下來，那就是聲音（sound）。

有時我們一聽某一首歌的一小段，就會知道它出自什麼時代：這樣子的電結他彈奏，就是60年代的Beatles；這種用鍵盤奏出來的旋律，就一定是90年代的美式情歌；同一段旋律，同一個鍵盤，但用了不同的錄音室過濾機器，又會立刻變成二千年後的作品。

有時歌手未開口，你就可以憑聲音的感覺辨認出是誰的作品，就是因為那歌手確立了屬於自己的「聲音」。曾經有一段時間，我刻意只用簡單的結他與多重和聲做音樂，務求建立自己的聲音，並且在這個基調上變化及發展，好處是能容易讓別人認出來，不好的就是很容易被定型。中文歌的世界裏永恆不變的，是先歌詞後旋律，一般聽眾對「聲音」並沒有概念，**但其實能決定一首歌或一張唱片的文化價值及指標性，從來都是大家對它很敏感，卻不知道怎樣形容的「聲音」。**

at17暫別後，我兩個妹妹就一直在努力經營自己的「聲音」。盧凱彤的結他功力，只是她冰山一角的才華，在唱片聲音質感的追求上，已經拋離一般中文流行音樂很多倍；林二汶的正式第一張同名專輯，就是一個聲音行先的好例子。簡單來說，在個人音樂專輯《林二汶 Eman Lam》中歌手與四位樂手一起編曲，音樂總監荒井壯一郎決定用固定的樂器貫穿整張唱片，亦用同一方法錄個別樂器，出來的效果就讓大家耳目一新，聽眾的思想還未跟曲詞聯繫，耳朵已經接觸到跟以往林二汶的歌不一樣的聽覺刺激。這亦是唱作人 Paul Simon 及小號大師 Dizzy Gillespie 一直在自己唱片裏追求的指標：所有人類都有感覺的「聲音」，而不是只對特定文化有意義的「音樂」。

「音樂」很容易，真正考功夫的，永遠是「聲音」。

悲啤

在流行曲裏常常會聽到歌手唱「悲啤」。

「悲啤悲啤悲啤 don't go...」

「悲啤悲啤悲啤 I love you...」

對了，聰明的你、精通中英雙語的你、聽歌多過我去旅行的你，當然不需要我解畫，一看題目就知道「悲啤」是「baby」的意思啦！但是，為什麼歌手會把「baby」唱成「悲啤」，而不是本身的讀法「悲 b」呢？

唱歌的發音跟平時說話的發音，有時候是需要作出一點調整的。發「b」音的口型扁平，頻率相對刺耳，出現在句子中間還好，但如果是句子的最後一個字需要拉長，或是需要高音處理，「b」就會太刺耳，變成「啤」就沒有問題。

唱英文歌如是，唱中文歌時這個技巧更重要。在中文歌裏，國語的四個聲調不是考慮，粵語的九個聲調則十分重要，例如麥兜〈春田花花幼稚園〉校歌故意沒有考慮聲調，就像很過時的聖詩一樣：「我們是快樂的好兒童」變成了「鵝滿是快落敵好耳痛」。當然，那是刻意的，我想說的其實是，粵語有很多規矩，本身有很多限制，**我們唱粵語歌時讓它「好聽」，是需要做點處理的，其中一個方法就是：口型。**

很會唱歌的人不少，但很會唱粵語的歌手其實不多，而其中一個區別方法，就是究竟他能不能讓某些粵語發音變得不刺耳，林憶蓮的快歌〈醒醒〉和葉蒨文的〈情人知己〉就是兩個很極端的例子：林憶蓮在〈醒醒〉的副歌裏，把「知不知」唱成了「姐不姐」；而葉蒨文在〈情人知己〉的副歌裏，口型明顯比較扁平，

「知」字還要是全首歌最高音的字……

扁平口型會發出比較扁的、刺耳的聲音，若能夠在適當的地方，以不會把字變成另外一個意思的大前提之下，作出一點點調整，就能讓歌曲整體悅耳度大大提升。

如果你想認真聽聽很會唱粵語歌的歌手，衛蘭一定是一個指標。

小男生 老靈魂

第一次聽黎曉陽這個小男生自彈自唱，是在街頭：音樂一響起，他就全神貫注，身旁所有人事都消失了，把所有精神放在音樂上。**你愛什麼東西，就會將所有力量放在那東西上，散發出來的光騙不了人**。

黎曉陽很會唱歌，每一句都是為那首歌本身而出現，而不是為表現技巧，每一個音符都在告訴你一個故事。當然，在這個年頭，真摯是不夠的；讓我喜出望外的，反而是看到他唱歌時候的嘴形。

雖說會唱歌的歌手就像講故事一樣，但唱歌本身是一門藝術，有一定的藝術高度，並不像單純說話，而嘴形就是其中一個很少人著意，卻事關重大的細節。簡單來說，黎曉陽會讓自己唱歌的樣子好看，聽起來也順耳一點，發每一個音都好像在微笑著，有點點像心形嘴，做得很自然，讓你很想看著他唱歌。

我事後問街頭彈唱出身的他，怎麼會懂得這個表演的技巧，他說以前跟上幾輩的酒廊歌手前輩學習過，很有用。這小子真讓人喜出望外。

黎曉陽專輯《上上下下左右左右 BA Start》是年輕人的縮影。年輕的 Folk Rock，年輕的態度跟演繹，特別是兩首林日曦詞作，從被壓迫得體無完膚的城重生出來的〈香港傑出廢青〉，到選擇生活走自己的路的〈快樂很慢〉，沒有「給你好看」的譁眾取寵式反叛，卻有腳踏實地做好自己的精神，比任何控訴更有力。

如果你有機會碰到他，他問你的第一個問題很可能是：你快樂嗎？這個很多人窮盡一生越想越複雜，最終忘記了的問題，一直是他最關心的。

現在這一刻，我可以肯定的是，聽黎曉陽唱歌我很快樂。

越老越矜貴

我們的流行文化崇尚新的、新鮮的、年輕的，17 歲就一步登天呼風喚雨，然後一直站在高位的明星最叫人嚮往。而流行榜的大部分，應該說是最決定性的部分，就只留給新的、走在時代尖端的、最商業的東西。

對青春的迷戀不只是音樂電影電視，其實是整個社會。只是，現實卻是：小鮮肉會老去，玉女會老去，而觀眾聽眾大部分都不是只聽新鮮流行音樂的人。

看看這個軌跡合不合邏輯：青春一族歌手年紀輕輕上場，得到第一回合勝利，次年第二次出擊延續上一次的餘威，仍可以造成迴響；又下一年，第三次出擊則有點吃力，之後沒有突破或沒有大財團在背後供給養分和製造人氣的話，就開始掙扎，一直熬到第七年，大家發覺你還在，還是很努力，就決定你可以留下繼續。這時候，歌手就要有真正的橫向突破，真正的站穩陣腳後就要擴大目標聽眾層，3年又過去，10周年好好慶祝一番；5年承著這個勢走下去，收成期過去後，15年又是一個小關口，用過去15年換來一些儲糧，把自己藏起來幾年，享受一下演藝事業以外的事情……再過幾年，以前種下的種子，包括當年的樂迷，已經長大了，有經濟能力了，又需要找回一些年少時期的安慰，你又回來做最初的自己。

越老越矜貴，歌手只要守得到底線，不走樣，時間自會善待你。只是這個「食老本」的安全地帶會很容易把人養懶，歌手和身邊的人需要不斷提醒自己：**你現在的所得是上一步的努力成果，但你下一步的所得，就取決於你現在有多想走下去。**

對我來說，老本是一個榮譽，但真正越來越矜貴的藝人，是不斷求新不斷求變的藝人。

黃鶯鶯

對我來說，一個流行歌手最重要的，是有沒有新的建樹。

在唱片店看到黃鶯鶯闊別多年的新唱片，簡直是恩賜。天使的聲音，純粹的音樂人，推出了最新的作品——翻唱兒歌集《搖籃曲》。聲音依舊像天使一樣溫柔，誠懇直接，暖在心頭。無論做什麼案子，黃鶯鶯總是做得很稱職，很耐聽。

在中文樂壇，國語粵語英語都有大熱作品的歌手寥寥可數，黃鶯鶯就是其中之一，並且是最成功的一個。唱了40多年，從來不多宣傳，卻在每個年代豎立了一面自己的旗幟。70年代曾經叫做「黃露儀」的她，主要灌錄英文唱片；80年代有代表作〈只有分離〉，與關正傑合唱的粵語作品〈常在我心間〉；加入台灣飛碟唱片公司，推出一系列國語概念專輯，開始轉型為當時比較前衛的合成器為主流行曲，《讓愛自由》百萬銷售;90年代自組翠禧工作室，為電影《阮玲玉》製作及演唱主題曲〈葬心〉，然後又與日本音樂人合作，推出數張比較實驗性的專輯，同樣叫好叫座。每一步都在挑戰自己的黃鶯鶯，這麼多年一直求變，但唯一不變的是她聲音的純淨度；從她的功績看，她絕對是「天后」，但我總認為這稱呼對她來說都太俗氣了。

其實，讓人最安慰的是，她從來沒有參與那些由數個成熟國語女歌手（大部分是過氣的）一起辦的演唱會，讓她的聲譽、名字、聲音和行蹤，統統不吃人間煙火。

超渡怨婦俱樂部

內地流行集錦演唱會，幾個熟悉的名字加在一起，在不同的城市做巡迴，每一個參與的歌手都穿得漂漂亮亮，歌手全部都是唱國語的，而且唱的全部是都舊歌，其中這系列做得最多的，就是《珍愛女人》。

情歌永遠能賣錢，有昔日情懷的情歌也永遠容易推銷，用這個調調行頭做的演出當然會賣座。幾年前她們也來過香港，在紅館做一場，事後有樂迷說，那一夜可以改名叫《怨婦俱樂部》：全個場地的觀眾一是悶得發瘋，一是哭得決堤。那些女歌手都有一些共通點：雖然外表金碧輝煌，唱歌個個寶刀未老，但自己卻不能在該城市開專場，演唱亦只能食老本，而且就算再推出新歌，也再沒有之前的認受性。有一些單位，做完之後能夠重新站穩陣腳，舉辦自己的專場，但大部分都沒有這運氣。不要緊，什麼音樂都會有它的聽眾，也總有樂迷想一味懷舊，沒有必要每個人都做新的事;拿著一兩首代表作，就可以輕鬆行走江湖，何樂而不為？但似乎，**真正喜歡這行業的歌手，都會希望有新歌繼續在市面上流動，或者仍然有影響力。**

所以，當我知道齊豫會參與這些集錦演唱會，當下第一個反應真的甚為吃驚。齊豫在不同地方舉辦過自己的大型演唱會，在訪問裏她亦說過，大概不會再開大型個唱；後來再看看她這幾年的工作軌跡，她一直推出叫好叫座的佛經流行曲，根本不需要走這一步。所以我想，她參與這些演唱會可能是用心良苦：就讓一個超塵的聲音，去超渡多年情海翻波的靈魂吧。

你要怎樣被人記住

很喜歡周柏豪的幾張舊 EP（Extended play，即迷你專輯）。

記得2010年，《Remembrance》面世時我看著那黑白封面很久，上面當然是周柏豪的靚仔大頭樣，但偏偏他的表情是趕客式的皺眉頭。當時我想，為什麼這位明明可以用樣子搵一世食的朋友，會在這麼具代表性的媒介——個人專輯裏行這一步呢？

於是我更認真再聽聽周柏豪的其他音樂。原來他的音樂取向，跟一般粵語流行曲有一點點不同，整體比較重型，唱法有時會偏向「撕裂」。他更有一首情歌叫作〈我不要被你記住〉，可能是我想太多，只是我好像明白了多一點點弦外之音。

做幕前的朋友沒可能不想被人記住，重點是用什麼給人記住。不公平的是，長得漂亮長得帥的，如果要用技術及內涵被記住，是要比一般人多花時間跟力氣的。周柏豪已經證明了給世界看，他是認真的，被認證了的歌手，也算完整了一個藝人的章節。

在網上平台，現在很多藝人都會發表、傳播訊息，甚至已經變得太容易，以致很多人都沒有了焦點。一兩個 post 搞搞笑、搶搶眼球、呃吓 like，可以增加人氣，增加收視；有時候會有商品廣告植入，或者直接賣東西，有時候無關痛癢的聯誼一番，自由的平台嘛，說什麼都可以。

仍然是這個問題：你想怎樣被人記住？我始終覺得，收視不可以小覷，錢不可以不賺，但藝人的本業是不可不經營的。在香港把 Instagram 形象經營得最好的歌手，大概是麥浚龍：顏色格調鮮明，有型有款，個人形象有板有眼；周柏豪、許廷鏗跟鄭欣宜的，也很跟他們自己的本質一致，沒有多餘的發表，有也是刻意的，觀眾反應也熱烈。不過，如果大家只說音樂，會有這個效果嗎？如果大家都覺得，真正的歌手都應該用音樂被人傳誦、記住，你們仍然會熱烈地 like 跟 share 只說音樂的 post 嗎？

靚聲的誤導

對於唱片公司來說，音樂最緊要「好 sell」。什麼是「好 sell」呢？簡單來說，**賣家一句可以講明，買家一句就全部接收得到的音樂，就是好 sell**。

市面上最有商業價值的唱片，首推「靚聲」唱片，可是什麼是「靚」呢？靚，用作賣化妝品的招徠是可以的，合乎情理的，但用來作為音樂的賣點的話，卻有點懶惰，甚至是不負責任的推銷。

靚，那麼虛無縹緲，那麼主觀，什麼才是靚聲？錄得好，錄得「靚」，是必要的；如果歌唱者本身聲音很有聽眾緣，怎麼錄都好聽的話，這樣的「靚聲」唱片，也未免太誤導消費者了。如果是純音樂的演奏，錄每個樂器都錄得清楚，音樂於喇叭傳出來時，有前後左右的空間設計，現場感很重，那就是「靚」嗎？對於追求這個聆聽經驗的聽眾，當然是；這個消費群的朋友們所追求的錄音，空間感是首要條件，聽唱片有如聽 live，閉上眼睛你會以為自己置身現場，有時錄得到雜音比音樂本身重要，這就是某些朋友的「靚」了。

去過音樂會現場的朋友可能會有這樣的經驗：座位或企位太接近舞台，鼓聲過大，某些樂器太突出，某些聲量過小；有人聲的話，聲音平衡就更難完美。

我們聆聽音樂，其實大家都習慣了已經「處理」好的，混過音的；那些「好聽」的東西，已經過 mixing 和 mastering，而不是讓你像置身現場的錄音。

那麼，什麼才是「靚」呢？你喜歡的就是了。

聲色藝排位

聲色藝俱全是中國人的藝人指標：先有先天性的好聲音，然後是美貌，最後才是藝術造詣。

看看這三個字的排位，就不難明白為何一個歌手的市場價值普遍比其他媒介的演藝人士高。唱片市道最好的8、90年代，連周潤發、梁朝偉、關之琳、劉嘉玲等熒光幕上的紅星都推出過唱片，要染指歌壇，做一個全能的藝人；當然論唱功他們總不及真正的歌手，但賣性格就很有可為，從觀眾、聽眾接受程度就可以證明。

除了幕前的訪問宣傳，或者在電影裏客串過鏡飾演自己之外，演員出現在大家面前，都是用一個與自己無關的角色身份，觀眾焦點一定要落在整體故事上，電影才能成功，靠的絕對是眾人的努力；一個歌手則需要把自己形象推到最前，一切從「我」出發，儘管很多時候唱的是別人的故事，但觀眾的焦點都是落在一個人身上。**演員不夠好，還有故事可撐住大局；歌手不夠好的話，一切就完蛋了。**

我們喜歡故事，但始終娛樂事業是有關人的工業，一切從人出發，最後的感觀享受及內心悸動都歸於人，而歌手就是最直接人與人之間的互動橋樑。

可是，「藝」竟然排最尾，那是否意味著，大眾情願選擇有聲有色的歌星，多於以歌藝服眾的歌手？

無間音樂地獄

友人 J 在 Instagram 貼了自己唱歌的片段，大家都驚為天人，有朋友更打趣問他，會不會考慮轉行當歌手。一向戲謔風趣的 J 回應：一定係前世做咗陰騭嘢，先會今世喺呢個年代做香港歌手㗎，放心，我唔會。

這個回應讓我笑了最少三天。

有關在香港做真正的歌手，你不能為了以下事情不快樂：

一　大眾要的是娛樂，一旦你在說音樂價值這麼有壓力的事情，得到的共鳴只會越來越薄弱，聽眾是沒有義務去明白你背後一切的；

二　人口太少，而且文化根基太弱，肯明白藝術價值的人更少數，不夠支撐一個「行業」；

三　有人聽歌就有市場，只是市場回饋系統發展比科技慢太多，所以已經沒有行業；**沒有行業，年輕人就看不到將來；沒有足夠新人入行，行業就更無以為繼；**

四 為什麼是 Twins，是 Shine，而不是 at17；

五 中文音樂是以人為本，並不是以作品為本的；在講求人氣的社會跟經濟體系說文化藝術，是自殺式行為。

有什麼保持心理平衡的方法呢？其實跟戀愛一樣：

一 你一定要懂得在每個細節上選擇看到美好的，遇到讓你不開心的人事，別執著小節，別無他法；

二 你只能做自己喜歡的音樂；

三 最快樂的時間就是這一刻；你的答案永遠都要是這一刻，也只能是這一刻；

四　我的調整方法是，一直問：「我能為你做什麼？」

五　懂得知道什麼時候要真正放手，有時離開就是離開，並不是為了回來。

那麼，我前世做咗啲乜嘢陰騭嘢呢究竟？

不平等超筍條約

流行音樂工業長久以來都是閉門造車，以致一般聽眾都有些很美麗的錯覺：「哇，佢成日上電視，好紅好有錢啦一定！」、「哇，成日喺電台聽到佢，佢好有錢好紅啦！」

事實上，很多時候歌手都得不到最低工資，甚至是只當義工。簽了約給電視台的歌手，每次出席活動的化妝整頭車費當然都要閣下自理，沒有簽約的就可以得到一封100大元的大利是，簽一份協議書，把所有視像版權賣斷。

近年有一些電視音樂比賽節目，事先硬性要求參加者把所有權利讓給電視台，從演出到歌曲版權都要無條件由主辦的電視台獨家擁有；如果你是新人，上這類型節目更不會有一毛錢的收入。

電台呢？同樣道理，心水清的朋友，在某些頒獎典禮上可以看到一些今年獲獎的單位，下一年就會在該電台舉辦的大型活動出現。在那些大型演唱會裏，監製、導演、樂隊、燈光、舞台、茶水、化妝、整頭、保安、保姆、助理等等，每一個單位都會有收入，除了歌手。

說到底，這些不人道的苛刻條件也有點太辣了，不過其實這也是公平的，畢竟大氣電波的時間很寶貴，在對的時間做對的事，那是最快最直接的一夜成名。這個傳媒遊戲沒有人能夠猜測準確，卻萬試萬靈，曝光率就是最好的踏腳石，而且從來不會有人用槍指住你個頭叫你上電視啩？**你情我願的遊戲，要玩就要豁出去，不能斤斤計較。**

所有曝光都是人氣，用曝光去博一鋪：大細品牌代言、商業活動、所有隨著曝光而來的收入，在得到虛無飄渺的人氣後就會發生……

你博唔博吖？

根本問題

A 城擅長製作，能長期做出精良商品，而且生產線成熟，行銷網絡發達，加上 A 城人聰明絕頂，處處看到商機，產品能夠輕易通過商貿活動出口到世界其他角落。可惜，在 A 城的其中一個成熟行業裏，40 年來沒有商品能真正在其他市場立足，就算偶然有一些商品能在其他頂級國際城市做做展銷，但主要客戶仍然是對 A 城消費文化熟悉的人，而絕大多數的海外市場，也止於從 A 城移民到海外的公民，長遠持續發展的可能性很低。

以上的 A 城事件，可以套用在任何工業上，而最後的那個工業所指的，是流行音樂。這些年來，香港及華人世界一直有武功高強的音樂人出現，音樂製作越見精良，只是玩的全是別人已經研發出來的聲音。經過語言的轉換，變成了中文的騷靈、中文的爵士、中文的龐克、中文的鄉謠、中文的 XXX……有時候，一兩個有真正創意的案子出現，適當地用上只有中國才有的樂器，但那小部分裏的大部分仍然是以西方樂風為主幹，創造的人也大部分是徹底的半唐番。**致命的是，推動音樂工業的人沒有好好地大力推動；更致命的是，音樂消費群眾沒有在世界文化上佔一席位的前瞻性，好好支持只有自己文化才有的獨特魅力。**

聽眾的品味，其實可以從網上的素人歌者身上聞到，很多都沒有看法、沒有處理地 cover 別人的歌，而且對中文流行音樂的理解，只是曲跟詞的關係，所有被廣傳的音樂類型都只是 ballad（民謠），而 ballad 早已有一系列拉丁情聖歌王歌后做到登峰造極……

這個世界一是做第一個，一是做最好的那個，其他在中間的只有在徘徊掙扎。中文流行音樂充滿顏色、質感、新奇包裝、創意營銷，只可惜原來95%的中文流行音樂，都是二手的創意，在世界舞台上沒有原創性，就只好永遠在別人的陰影下趕忙。

香港樂壇的出路

90年代，每個香港藝人都希望到台灣跑一轉，出出國語唱片，輕鬆賣個2、30萬張。港星形象新潮，以致很多唱片公司都會聘請來自香港的人才，擔任台灣歌手的形象設計。後來因為種種原因，台灣的音樂工業開始沒明文規定的抵制來自香港的藝人，其中一個是港星太火，分薄了本地歌手的市場；反正音樂獨特性強的台灣歌手大有人在，不需要聽你啦。

現在大家都嚮往到內地跑一轉，參加電視台舉辦的歌唱比賽真人show。電視電腦熒光幕上的節目，最初都會有位置給來自香港的歌手，位位形象光鮮，港星有可能贏一個可大可小的人氣，賺幾年錢，袋袋平安；只是，內地人才濟濟，只缺乏經營明星的經驗，而經過切磋觀察，已經學到了你的東西，下一步就是用自己的資源迎頭趕上，之後就不需要你的參與。內地收緊對港星的尺度，不久的將來，這個香港明星歌手的內地出路亦預計會沒落。

台灣也好，大陸也好，當別的地方的音樂工作者知道你經營上的伎倆，就能讓當地自己人學習，用在當地自己的案子裏。你呢？**當你的音樂沒有足夠的獨特性，就很難排除諸多不便，在別人的地方立足**。

我們所知道的香港樂壇，大概是一個能夠製造明星的娛樂場，每個人都想用形象賺一個快錢，卻往往忽略了音樂本身的獨特性，這個惡循環只會讓香港歌手不斷給別人淘汰，實在悲哀。

媒體 vs 大眾

在純以賣唱片維生越來越難的時代，很多歌手都選擇到別的媒體宣傳，希望能夠強化自己音樂人的形象。在新媒體和熒光幕前，先讓大家看到你，在這個「看」音樂的年代，可以是一種捷徑，也可以是一個詛咒。

這種妥協，一開始了就很難回頭。通常「爭取曝光」的事情都跟音樂本身無關，擺一兩個姿勢，不停扮開心去迎合大眾，一開始就沒有先讓作品賦予你鮮明性格，以後就更難確立認真音樂人的身份。

幸運一點的歌手會到電視台玩另一個遊戲：音樂真人騷。舊的歌手可以當個評委，享受事業第二春，新的則可以嶄露頭角。只是，這種音樂真人騷，九成都是唱舊歌為主的節目。唱舊歌絕對不是問題，只在乎你有沒有自己的處理與看法，問題只在於主辦當局有沒有前瞻性。最多觀眾看的節目，原創性不比內容熟悉度重要，所以我們看到大台的音樂節目，很多都是翻唱系列、老歌系列、金曲系列……要求明明有得體新作的歌手，只選唱8、90年代別人的代表作，這是很令人失望的選擇。

媒體照顧普羅大眾也是一種使命啊……**媒體主導大眾，還是大眾左右媒體，這是有雞先定係有蛋先的問題**。普羅大眾的取向，會直接影響媒體的選擇，但媒體一味往後看，只製作迎合大眾口味的節目，缺乏前瞻性，那麼普羅大眾接收的就永遠停留在以前，對整個行業都沒有好處。

參與這些遊戲的歌手，有些是為求得到知名度，去賺其他的錢，有些則希望讓自己擁有知名度，再努力把自己的作品讓世人知道。只是，守得住底線，沒有改變初衷，能夠熬到有自己代表作，有大眾認受性，兼且能夠長久用音樂養音樂的歌手，最後會剩下多少個呢？

X因素

明星最需要的不是技術，更不是虛無縹緲的藝術。

我們看明星，有些讓你很想追看、追聽下去（不一定是喜歡，討厭也是一種吸引力），有些過目、過耳即忘，究竟是什麼原因呢？最輕易的答案，大概是獨特性吧。獨特性是與生俱來的嗎？有些是，例如聲音特質、歌曲本身原創度極高、身體上可辨認的部分特別過人、又或者是……氣質。

氣質比藝術更加虛無縹緲，那是一種由心而發的氣場，有感染力、說服力的、攝人心魄的、讓人看著聽著很舒服的、能夠撩動觀眾聽眾七情六慾的、可以燃亮一個房間的……

重申，這裏說的是「星」，並不是藝術工作者。星需要的就是那種虛無縹緲的「氣質」；可能你會說，咁隔籬屋陳太都好有氣質啦，我表哥都斯斯文文勁有氣質啦，他們也就是星了。

Well，第一，可能那不是他們的選擇；第二，能夠讓一個人成為星的獨特氣質，叫做「X 因素」(X factor)，歌唱技巧可以不是特別好，演戲可以不是特別入肉，但擁有那個獨有觀眾緣的表演者，就是大眾一直尋找的下一個明星歌星。這個 X 因素，不卑不亢，有沒有人在意，自己都在自然的發亮，很多時候是天生的，也有後天的培養，卻不是人氣的堆砌，而是跟表演者累積的內涵深度、藝術高度與自信程度有關。

在七彩斑斕的娛樂圈裏，究竟有多少藝人是人氣的副

產品，又有多少真正具有 X 因素的呢？其中一個方法是，看看那個單位有沒有真正的外地觀眾聽眾就知道了。

星光的現實

這兩年做訪問時，被問及最多的問題就是:「我會不會參加電視台舉辦的歌唱比賽？」

我為杜麗莎得到一個這麼大的《歌手》舞台開心，當更廣大的聽眾知道香港有這樣一個寶，我身為香港音樂人也感到驕傲；我為妹妹林二汶在《中國好歌曲》的平台得到更多更大的創作肯定而高興，找到更多聽眾是音樂人很正常很健康的目標；我喜歡歌手李健很久了，他多年前的個人專輯《想念你》是我希望我的作品能夠達到的境界，後來他參加了電視台的音樂節目後，繼續從容地、不卑不亢地唱著自己的歌，我喜歡的人有更多人能夠欣賞得到，十分感動。

其實，只要參與遊戲的人目標清晰，電視台給你平台去表現自己，你交出你自己的專業，是很公平的交換。反正藝術是主觀的，而且讓非專業的朋友去評論專業的表演者（至少表面上啦，哈哈）怎麼也說不過去吧。只是，我一直覺得好諷刺的，是娛樂工業裏面星星的宿命。

第一次到美國洛杉磯的荷里活星光大道觀光，看到天王巨星的名字，只是不在天上，而是地上——荷里活的級數，娛樂圈之巔，原來最終都只是被摘到地上。

從 British Idol 開始，全世界的媒體都在舉辦歌唱比賽，造就了幾多星星，也摧毀了幾多靈魂；熬得住的，一是鬥士，一是塔羅牌裏的愚者，兩者只有一線之差。

我想，最好的答案，並不是提供一個簡單的「會」或

「不會」；我有一首新的創作〈星光大道〉，副歌是這樣的：

每個人都是一顆star

一起閃耀直到分不出你我他

然後渴望給大家摘下

放在星光大道被盡情踐踏

舒服地帶

好友林澤群是頂級舞台劇演員，他說，當觀眾在看電影時，忘記了演員本身是誰，只看到角色，是演戲的最高峰；如果觀眾只看到演員，但看不到角色，那個就不是好演員了。

舞台劇跟電影演員可以演不一樣的角色，把「自我」放到最後，但是歌手就剛剛相反；而做歌手則要面對另一個難題——自我的突破。

窮盡一切時間和人力物力，為了給大家一個完整的印象，你希望大家一想到你就想起你的人跟你的作品，鞏固在大眾心中的形象，然後在那個位置，做著最好的自己。

當一切如願，走進下一個階段，又遇到另一個關口

——定型。在 comfort zone 待久了，沒有藝術上的尋求與增長，對於一個歌手是很危險的。

創業難，守業更難，面對不斷尋求新鮮感的群眾，要從既有的成功破繭而出，是難上加難的事情。同一時間，為了因為某個形象或某首歌曲而喜歡你的人，你也不可以忽然來一個180度大變身，否定既有的一切基礎。

幸運的歌手有一兩首大熱作品，銷量與票房有相對保證，在唱片裏有一兩首讓舊聽眾有共鳴的作品，帶來熟悉的感覺，現場演出時有一兩首舊歌助陣，然後滲透新作品。

在新舊之間如何取得平衡是一門學問，怎樣介紹新作品也是一個技巧；**天馬行空很容易，不著邊際則讓人無所適從，新作品能否讓人有新鮮感得來，同時有熟悉的感覺，更是一門藝術。**

最幸福的歌手／樂隊，是有一班跟你一起成長，會了解你作品背後意義的聽眾，讓你在穩定的範圍放心做自己，夠膽走出 comfort zone。怎樣才可以讓聽眾信任你呢？那就不只是作品本身的事，而是歌手／樂隊的誠懇度了。

獨立游泳池

做了獨立音樂有好一陣子，讓我告訴你一些事實。

一　會有一小撮人欣賞你的所謂「堅持」，但絕大多數人都不會理會你獨立不獨立，因為大眾要的，只是音樂跟娛樂。你越解釋，大眾只會越不明白，然後覺得你煩，最後對你的作品也不感興趣。

二　**你能不能走下去，完全取決於你交出的作品**。古今中外，所有真正成功的音樂人只會跟你講「音樂」，並不是「音樂工業」，例如 Michael Jackson 把所有時間精神放在音樂跟表演上，藝術成就上同等級數的 Prince，則用了大部分心力在試圖改變樂壇生態。結果呢？你告訴我吧。

三　你要比其他人做得加倍地好，才有機會生存，而自律就是有機會成功的重要因素。

四　很多現在的獨立單位，其實是一早就享受了主流的成果，才去走獨立路的。無論你有多本事，你也需要主流媒體及背後娛樂工業機器幫助你成功；如果你從頭到尾都像孤島一樣生存，就如同 *Life of Pi* 的 Pi 一樣在海中漂流，遲早會死。你必須有同盟，你更需要珍惜每一個跟主流媒體接觸的機會，讓大家記得你的存在。

五　你絕對不可以太獨立。假設你從一開始就幸運地闖出一片天空，在安全的情況下做音樂，就像建了一個游泳池，你一直在裏面游泳，沒有經歷過外面的風浪。欣賞你「獨立」的支持者就是泳池水，始終是小眾，而泳池水始終會有乾涸的一天，到時才出海就更難、更辛苦了。

獨立不獨立是一個選擇，也只能是一個階段。音樂人，你要記得，你需要有能力離開游泳池出海去，才能讓你相信的音樂有人聽到，去得更遠。

威士忌，獨立音樂，霍格華茲

Kidult 沒有褒貶，只是一個標籤；這個標籤，很容易跟消費扯上關係。

在大城市懂得享受生活，不多不少會跟錢有關。我特別記得很多年前的廣告詞，意思大概是：花得起，不比懂得花。開一瓶陳年威士忌一飲而盡，最多是土豪；懂得花錢的，會知道那瓶酒的出處，譬如為什麼來自蘇格蘭 Islay 的 Single Malt 會帶有某種特有土壤的味道，那就算是 Kidult 嗎？當然不。如果因為喜歡那個東西，而千里迢迢跑到老遠去看看氣候、土壤、人民生活跟酒的關係的，才有機會是 Kidult。關鍵是，你願不願意去了解事情背後跟消費（consume）以外的意義？

生在大城市，我們被教育，被灌輸的消費文化已經深入每個生活細節，很多時候面對生存，工作壓力身不由己；有時候，透透氣的空間頂多是一個旅行，在每個角落拍拍照，匆匆忙忙的消費，根本沒時間去放空放鬆；沒有時間出去走走，就吃一餐好的吧，而每一頓飯都是相機先吃；購一個物，美一個白，所有東西拍下來，有證有據，就是我們的消費文化，有實質東西拿在手上的量化理想，起碼見證了我們為自己努力的成果；只是，如果 Kidult 只需要懂得花錢這麼簡單，就會養成一大堆 Playboy 跟 Gossip Girl，大家只看到別人穿什麼吃什麼，聞到名牌襯衣底下的香水值多少錢，那頂多是奄尖消費者（consumer），不是 Kidult。

看看一個人會怎樣花錢，會略略知道他／她的價值觀；知道一個人的音樂取向，會了解得更清楚。

通往靈魂之窗的音樂，會告訴你很多；看看那個人怎樣對待音樂，可以看穿很多，知道更多：他／她是不是真正的 Kidult。除了買一套音響系統，幾張黑膠唱片，聽音樂沒有證據。然而你可以問一個人聽一首歌的得著是什麼？那張唱片背後的意義是什麼？你願意花多少錢在不可以量化品味的數位音樂上？懂得冷靜回答你的，起碼可以放心先交個朋友再說。

音樂的價值範圍可以很廣，問一個人對於一首歌的想法則比較容易。

對一個普通成人來說，一首歌的價值何在？可以完全沒有，對一個 Kidult 來說，就可以很大。因為 Kidult **看到照片以外的風景，聽到信用卡咔嚓聲以外的音樂，喜歡支持自己相信的價值，願意了解事情背後的**

意義，珍惜有錢也買不到的感情。

有時候，我們聽到一首歌，不知為什麼就是很到位。哈利波特上的魔法學校霍格華茲裏，校長在一個迎新會聽完合唱團演唱後感慨說：沒有魔法比得上音樂。在得到娛樂之外，那首歌好像替我們找到了一扇窗，一些心裏想了很久卻沒辦法言喻的心事，竟然有人在歌曲裏替你說了出來，那感覺就好像經歷魔術一樣，Kidult 追求的，就是那一刻。而表演者、創作人要的，就是你感受到什麼後眼睛發亮的那一刻，所以我敢說，好的創作人跟表演者，都是 Kidult。

偶爾我會聽到一些故事：有朋友因為聽到〈鏡子說〉、〈The Best Is Yet To Come〉、〈給最開心的人〉，在最失意的時候咬緊牙關重新振作；有朋友因為〈向著陽光〉、〈離開是為了回來〉，放下一切去了一個旅行，繼而身心過得更自在；有朋友因為〈冷熱之間〉，鼓起勇氣向心愛的人表白，得到生命裏一起同行的另一半，或者能對得起自己的說：起碼我真的試過。更多我永遠不會知道的故事，一直流傳著，而有更多更多的音樂人創作人，比我更懂得怎樣為大家的生命找一個透氣窗口，一道逃生門，為大家的生命提供一段段獨一無二的 soundtrack。

我想，真正喜歡音樂，渡過了迷偶像、抄歌詞，或是喜歡標榜自己特別的階段的成人，都會有以上同感。畢竟音樂都透露了我們的靈魂狀態，而音樂人的內心就更加無所遁形。

因為有點不甘心，有點玩心，種種原因我選擇了做獨立音樂，替其他單位搞音樂會，與友人成立網站音樂蜂等等。由版權認識到處理，幕後創作、製作到幕前演出，網上收費站的建立運作，到法律對買賣雙方的保障，鉅細無遺的學習，對於長遠的發展很有幫助。在規模小的公司學做事，在規模大的公司學做人，我覺得我大概已經懂得做人，所以還是努力的做事，比較適合自己。當然，頑童總會帶著一點點傲氣……

噢，說到傲氣。

很多音樂人都努力，而世界的消費模式不同了，音樂人要只靠音樂維生，這些年來難上加難。「我努力，不等於你就要支持」是這些年來我一直強調的態度。做出來的東西好，也要看看別人有沒有感受。感情都要講兩情相悅，別人不喜歡你，哪管你是吳彥祖、林志玲，沒感覺就是沒感覺，硬要別人跟你接軌，人家不嫌你煩，自己都應該懂得尷尬。

「請支持」跟「謝謝支持」卻完全是兩回事；談理想的人，怎樣在傲氣長存與懂得感恩之間取得平衡呢？不只是一個學問，而是一門藝術。

這是我到現時為止的認知：對待音樂上，Kidult 不會只取不給；處事上，Kidult 可以成熟，不可以老；美食裏，Kidult 不會只是 consume，而會 absorb；面對難關，Kidult 喜歡想變化找生機，務求所有人一起全身而退，繼而進步，而絕非為求自保獨善其身。

為理想而活的人，會覺得為什麼而活與相信什麼價值觀，比有能力得到什麼重要得多。那條路一直走下去，卻容易朝著悶蛋聖人的方向進發。

這麼說吧，聖人都是明白事情背後意義，然後用自己力量捍衛一些價值的人，而那些價值，往往比自己更大。Kidult 也許有這樣的特質，但一定要加上一點頑皮的元素——什麼都可以，卻萬萬不可以悶。

希望你每一天都花一點時間，靜下來聽聽音樂去，有機會去一趟酒莊，了解一下釀酒背後的大小故事，把這世界當作一所霍格華茲魔法學校，每一秒都有承擔地享受生活，做一個成熟但永遠不老的 Kidult。

謙卑還是卑賤

曾幾何時，當音樂頒獎典禮還在流行文化佔一定重量的時候，觀眾會聽到歌手們的致謝；現在客氣的說話還是有的，而且越來越多，只是語氣上很不一樣，有時候那種衷心是接近卑微得讓聽的人有點不舒服的……

謙卑是美德，但謙卑跟卑賤只有一線之差。

還有一個現象：未修成正果前的耕耘期，「支持」這個詞語出自歌手的口，有些很順口，有些則很「努力」。只是，你努力不等於就要支持你啊。

有時看到其他歌手在宣傳時會跟觀眾說：「請支持我的新歌、新專輯……」什麼什麼，我都會側一側目。人家可能還沒有聽到你的作品，你又憑什麼叫別人支持呢？支持你的努力？喂，個個都努力㗎啦，努力是本份啊。**請別人支持，好像乞討一樣，是一種多麼可憐的自貶。**

我們做音樂的，是用自己的能力與努力賺錢，我們做好自己本分，人家喜歡的話就會用自己的方法表達，那是公平的交易。音樂人預先說聲「謝謝大家的支持」是符合邏輯的，但「請」就……

我相信，流行音樂到底還是藝術工作，與世上每一項專業一樣，要努力才能有機會成功。行業工作者要先尊重自己，才可以得到別人的尊重。

音樂同志們，讓我們一起先調節好自己，做好本分，讓作品說話，把尊嚴還給音樂。

自薦的藝術

「你可以收我為徒，把絕世武功降龍十八掌傳授給我嗎？」路人甲 send 這樣一個短訊問武林高手，最可能會得到什麼回應呢？被高手打死／被教訓／被當作隱形……什麼都有可能，就是不會得到被傳授絕招。

當然要看看機緣，以及武林高手本身修為，就算他不是一個已經過氣又沒有安全感的老屎忽（對不起，我找不到更貼切的形容），收到這樣的一個短訊，正常都不會有任何反應。只是，當路人甲換了這個方法，效果應該會不一樣：

「XXX 高手你好，請饒恕我冒昧打擾，你曾經做過的 XXX 犀利事件，讓我 XXX，如果我可以跟你學習 XXX，那就 XXX 了；有機會的話，我可以拜訪一下談談嗎？」字眼、語氣跟態度，能夠決定你的命運。

再看看現實世界……

「我有一些 demo，可以寄給你，給我一點意見嗎？」
「我有一些歌詞創作，你可以幫我譜曲嗎？」

每隔幾天，我就會收到類似這樣的「要求」；對，那是要求，就算問的人沒有這個意圖，乍聽之下其實是一個有點過分的要求。**互聯網把所有人事拉近，發一個訊息太方便，卻讓大家容易成為機會主義者，忽略了基本的禮貌與常識。**

新人們，當你想在誰身上得到提升，或者任何好處，是否應該表現出起碼的尊重，告訴對方你知道他／她做過什麼，喜歡他／她什麼，而不是劈頭就告訴對方，你希望得到什麼呢？這是基本做人的禮貌嘛。

比成本更重要的東西

做了一首能打動人的歌，一張紮實的專輯，被大眾接受了，於是承接著這個運，有更多的曝光機會，得到更多聽眾，宣傳渠道越來越多，牽涉人事也越來越複雜，漸漸你需要更多資源，揹起更多責任。

以上的事情，已經從最初純粹的音樂開始牽涉到市場策劃、宣傳、鋪排活動、安排實體或電子發行，以及包括而且並不限於以上活動所牽涉到的文件處理、稅務、法律責任等等跟音樂無關，但必須處理的事情。就算是經營一家山寨廠，也需要燈油火蠟、數簿、基本財政，把九成時間放在產品製作，也需要騰出一成時間，去解決跟製作沒有直接關係的事情，更何況是大型一點的機構。

不，這次我不是想說音樂的成本。

我常常說，做音樂本身可以很簡單，有一顆心，有時間去鑽研，有舞台去表演就可以了；但是，事還是要做，更需要人力物力去實踐的，是無論在任何地方，任何文化背景，還是逃不了處理周邊的事情的難題。

沒辦法，要成為現代社會的一部分，就要負責任，這個也是把理想與現實接軌的必要動作。於是，我們需要經營，需要一定程度的計算，也需要計畫。

「經營音樂行業」這個概念，本身是很健康的，但似乎在線的音樂工作者越來越忽略了，其實音樂創作與製作這件事情的最初，是一個需要很多時間精神跟生活練就出來的藝術作品，要有那些根基穩固的作品的出現，才能有行業的出現，不然只是一盤純粹的生意，沒有靈魂。還未把音樂做好的時候，就先想到之後的一條龍式音樂經營，跟著將所有力量跟資源集中在音樂之外的事情，這個惡性循環只會越來越摧毀聽眾的認同感。

音樂經營是必要的，但別忘了這個行業的本質，還是音樂，而一切的開始，始終是基於一首能打動人的歌，一張紮實的唱片。

有大做大

這幾年，在中文音樂的世界，大碟越來越少。

新歌也難做，何況是新的專輯？現在很多唱片公司的經營模式，是把歌手的經理人合約都簽回來，一首一首新歌的做，作為市場推廣。大碟是一個奇蹟，投資者要的卻是踏實，實實在在的回報：做一首新歌，拍一個型格 MV，讓歌手有足夠人氣，就能夠賺周邊的錢。

行政人員會告訴你：大碟沒有用的了。我是一個比較舊派的音樂人，我的信仰還是大碟：十首歌曲，儘管花的心力比單曲大不止十倍，但能夠把音樂的概念和音樂人的思考多角度、完整地呈現出來。而且，一個音樂人要成形，非得靠大碟不可，哪管一首單曲如何勁爆，在現今市場能夠呼風喚雨，但如果藝人的第一形象是歌手／音樂人，最後還是要靠大碟樹立形象。你可能會懷疑：現在很多成了形的歌手都只出單曲而已！可是，他們也曾經出過不少完整專輯，累積了不少歷史啊。

另外，大家都忽略了這塊寶：back catalog。在互聯網上，流行音樂的普及已經不受時間限制，每分每秒都有舊歌被當新作發現，連帶周邊產品都一起帶動。版權，是一項投資，給音樂一個發酵期，假以時日就可以讓聽眾偶然懷一個舊，對的時間對的對象，經典就是這樣煉成的。而那些經典的擁有者，很多時候就是唱片公司了。

可惜的是，就連很多大唱片公司也看不到，或者看輕了這一點。Catalog 是一家唱片公司的長線投資，只要懂得經營，總有一天那些舊的東西會很值錢；就算現在的單項帳目可能出現赤字，長遠來說，還是會回本，而且壯大。

財力越雄厚的公司，就越應該有前瞻的視野。

Artist，你的art在哪裏？

品牌偶爾會找些公眾面口代言，在拍攝時、訪問時，所有有藝人到場的工作場合，都會聽到工作人員開口埋口「artist」前「artist」後：個 artist 到咗未、artist 準備好未、artist 可以先影相、artist 化好妝後可以開始……

終究還是一個稱呼而已，但稱呼背後，大家可有想想：artist 的工作是什麼？在幕前工作的朋友們，當你叫自己做 artist 的時候，你會不會先問自己：你的 art 是什麼？

在幾乎所有可以回本的事情，都要跟商業或品牌掛鉤的年代，所有、尤其是年輕的幕前工作者，都要把本業以外的工作兼顧得更好，莫論專業是演戲還是唱歌，都不及「經營」重要。絕對不要貶低「經營」這兩個字，因為我們身處的時代，就是由消費文化主宰一切的時代，萬一你希望成就的藝術高度連本都不能回，哪裏還有「art」?

在所有事情都離不開消費文化的時候，artist 主要的 art 很可能不是藝術修養與才華，而是「撈」。誰可以說「撈」不是藝術呢？擺明就是行為藝術啊。

咁咪好灰？係㗎。

可是，消費文化容易把藝術創作與製作本末倒置的同時，也提供消費者一個用錢投票的機會：買一張唱片，買一張演唱會門票，買票看一個舞台劇……不要小看這一點一滴的支持，因為就是這些支持，才能讓藝術工作者得到可持續發展的資金。

這些年來，我一直出唱片、做演出、舉辦音樂會、跟朋友一起打造音樂蜂平台，正是因為我仍然相信這個理念，只有這樣子的收入，才能持續健康的創作生態，雖然明白這個理念的消費者其實從來都不多……

咁咪好灰？睇吓你有幾愛呢個行業啦。

忠奸人

常常從一些在娛樂圈工作的幕後人口中聽到，說這個那個藝人很麻煩。

有些藝人是麻煩的：化妝間要撒滿粉紅色玫瑰花瓣，只會喝一小時前從喜馬拉雅山最高峰流下來的水，出外登台要求在太空船的頭等包艙，帶芝娃娃的工人、芝娃娃按摩師、按摩師助手一行80人出行……

以上例子應該沒有一個是真的，就算有也只是由藝人方面寫在合約隱蔽處的奇怪點子，目的只是試探究竟對方有沒有看過合約而已。無論如何，這些故事一旦從藝人身邊的工作人員講出來，就會成為新鮮熱辣的猛料八卦，就算是假的，也能滿足大家的是非慾。唉，邊個唔鍾意聽吓講吓是非吖，無傷大雅的其實也蠻好笑的，但當這些是非背後有動機，就很危險了。

有一些幕後人員會覺得，藝人沒有他們就不行，一定要靠他們擋駕、照顧，於是在外面會故意用方法說一些不利藝人的傳言，讓自己變得不可或缺。其實有時候穿針引線的人也會有這個詬病：嗱個客其實爭啲唔要你㗎喇，但我喺度你唔駛驚嘅；而事實是，客人其實很喜歡該位藝人，但中間人為了突顯自己的重要性，以及賺到佣金，就要努力用盡方法，證明自己有時不惜技巧地避重就輕，選擇性地將某些意見跟事實混淆，甚至揑造原因，還要繼續扮好人。

在我的經驗裏，被很多人認為是「麻煩」的藝人，絕大部分都是有原因的：對自己工作有專業的堅持，自然會令身邊人的工作量增加;溝通一旦有一點點誤會，就有機會被小人乘虛而入了；當然，真的有藝人很可怕，也有不少宣傳人員是厚道的好人。

太多觀點角度，太多閒言閒語，總之，直到你第一身接觸到一個人之前，都不要相信任何第三者的說話。

Live house 文化

真正的文化城市，一定要有 live house 場地。

普羅大眾對於看 show 的理解，絕大部分是拉斯維加斯式的全面娛樂；另一個極端，就是地下獨立樂隊，在 100 人左右的場合做實驗性的音樂，一切以型字行先；能容納 1,000 人左右的，則是劇場形式的表演場地，比較正經。香港什麼場地都有了，連 live house 都有，就是還沒有 live house 文化。

香港，一個國際城市，以前一直沒有 500 至 1,000 人的 live house——一個能給音樂人放心玩音樂，鍛煉現場表演，而且有足夠票房收入去繼續營運事業的地方。起碼 500 人以上 full house 的總票房，是一個不錯的數字，而且標準 live house 的配套，會提供燈光音響設備、休息室、賣音樂商品的角落……音樂人只需要做好準備，不用花精神和預算搭建舞台，也不一定要在外面租借音響燈光，除了成本比體育館音樂會低之外，這對於表演的人來說是很重要的：專心顧好音樂就行了，不用煩惱太多前後左右的問題。太小的場地，票房不夠支持藝人團隊，太大的場地又不能常常開，那就試不到新的東西，看反應，再調節，更加沒有鍛煉機會，所以 live house 對於真正的音樂人來說是很重要的。

Live house 在歐美盛行了很久，最有名的大概要數美國的 House of Blues，在不同大城市都有支店。現在，香港開始有比較為大眾熟悉的的 live house，分別是九龍灣的 Music Zone 和灣仔的 1563 at the East，都是配套齊全，聲音很棒的音樂重地。

喜歡發掘新音樂的朋友，live house 是一個很好的選擇；如果唔知頭唔知路入咗場，總不會出事，因為通常場地會有酒精供購買，**有酒精，所有音樂都會好聽一點**。

Have a good time，安心晒。

Ch.3 Song and Art

第3章

歌於藝

我們都是井底蛙

從前電視電台播什麼，我們就會接收什麼，現在主動權落在用家手上，普通人一個 click 能知天下事……事實真的這樣簡單嗎？

全能的 Google 什麼都有，YouTube 什麼都找到，只要有問題就會有答案；只是，同一個問題，你得到的答案跟他得到的答案會不一樣。

一旦你開始打字、搜尋、網購，你的一切資料就會被記錄：你的喜好、數字、習慣、消費所有資料，就會被轉化成數據。得到這些數據的搜尋公司，會按著你的資料把廣告供應給你，例如我常常在網上搜尋機票，我的所有搜尋結果，都會連帶供應航空公司、酒店、旅遊套餐等廣告。

這些大概你都知道了。你可能還未察覺到的是，其實你可以得到的訊息，會隨著你的一舉一動被收窄。假設你搜尋「音樂」，你會得到我的 Facebook 和 IG，然後是官方網站，相關搜尋則會給你林二汶的資訊；這個動作被紀錄，下一次搜尋有關音樂人／音樂的時候，你得到的結果，會是從上次搜尋裏面篩選的，所以你的搜尋結果裏面，可能 EEG 任何歌手的新聞都不會在首幾頁，甚至不存在。

越多人搜尋的關鍵字，出現在大眾首幾項的頻率就會越高，於是紅的人就會越來越紅，不活躍的人就會越來越銷聲匿跡。有辦法把關鍵字推向首幾項嗎？有，最直接方法，當然是向有關部門買數據買資料。

你以為你掌控了資訊嗎？這只是假象，你的一舉一動都被轉化為數據，被供給範圍越來越窄的資訊，慢慢變成井底蛙也不自知。

你可以不被控制嗎？多些跟身邊的人面對面溝通，看不同媒體的新聞吧。

唔買都睇吓

有些聽眾比較文靜，是，就算多喜歡也不會去「追星」，但每當有演出就會自動出現，可能是沉默的多數。只是，不由我們不相信，會引起大家注意的、分享的，都不是正正經經的東西。

網路數據是跟紅頂白的世界，越紅的人會越紅，越冷的人會越冷；你不 share，我的 post 就不會有被認可的數據，沒有那些數據，我的一切資料就慢慢不再出現在你的 news 裏，不多久你就再也聽不到我的消息，我的故事就會慢慢死去。這已經不是有麝自然香的世界很久了，而是數據、是現實、是習慣、是時代，沒有熱潮、沒有足夠話題性或熱度，就會石沉大海。

相反，如果一個人的 post 有很多人分享、轉載，它就會在越來越多人的個人版面出現。以我的臉書為例，有時候無無聊聊的東西被分享了，我會看到只給我看的數據，說這個 post 去了多少人的版面，覆蓋的人數跟分享是成正比，更是幾何級數倍增的。

還有，曾經在什麼時間發表什麼，能決定你的 post 成不成功，但很多社交網站已經改變制度，以 IG 為例，系統不再跟時間列出帖子，卻會以用家平常「like」或「share」的喜好，在受眾的熒光幕出貼。換句話說，就是利用用家的投入程度（engagement），來取決用家之後會看到什麼。當然，如果提供內容者斥資巨款買廣告位，又另作別論，但效果始終未及用家自動波的參與轉發良好。

所以，這是很簡單的事實：**你希望你喜歡的人事能夠生存的話，唔 share 都要 like 吓，唔買都睇吓囉。**

你的付出去了哪裏

有些東西，作為音樂消費者是應該要知道的：究竟你的付出去了哪裏？

上 iTunes，上 KKBOX，上 spotify……賣數位音樂是現今賣音樂最多內容提供者／錄音版權持有人選擇的方法。如果消費者買的是一整張專輯，大概 100 港元吧，分帳是這樣的：

一　首先一半去了 iTunes，iTunes 得到 50 元；
二　然後一半的一半去了 iTunes 指定的中介機構：aggregator；aggregator 得到 25 元；
三　再然後，一半的一半的另外一半去了錄音版權持有人手上，錄音版權持有人得到 25 元；
四　最後，依據傳統唱片公司跟歌手的分成，歌手最多可以有 20%，即是 5 元。

傳統的實體買賣，100元裏面有10至20%去了零售商，10至20%去了發行商，如果是單純發行的話，大約有70%去了版權持有人手上，這樣對於獨立音樂單位而言，是絕對有可持續發展空間的。就算給了大型唱片公司也是公平的，畢竟大唱片公司投入的資源不少，人手亦比較多。

有良心的串流平台寥寥可數，JOOX跟MOOV是其中兩個會與個別單位合作，提供一筆象徵式的licence fee，幫補一下；但在大部分串流平台上，你每聽一首歌，版權持有人會有0.00001元美金的收入，換算是港幣的話大概是0.000078元，帳面上多了7.8倍啊，阿彌陀佛。

Spotify也好，iTunes也好，他們也投入了資源去開發系統，訓練專才，市場推廣，多賺一點錢也是應該的；只是，他們應該有能力，把他們需要依靠的音樂供應者都照顧好，讓大家也能夠有可持續的發展吧。Spotify 不要說了，但我相信蘋果的理念是開發、創新和栽培，那正是藝術創作的中心。假設蘋果 iTunes 成立獨立部門，專門處理小戶，或者中介機構可以少收一點，讓大家都有機會擁有有尊嚴的收入，對整個行業來說，長遠是不是更實際呢？

在制度未改變之前，消費者們，如果你還是選擇買一張 CD，一張黑膠唱片，甚至一項實體的商品，我要向你致謝及致敬，**因為你的一個選擇，已經投了最實際的一票**。

串流音樂帶給我們的將來

串流音樂平台（streaming）已經是音樂行業的領航，這是不爭的事實。

事實上，音樂載體一直在演變，不要說太久遠的事了，從黑膠到卡帶、到CD、到MD、到短暫的收費下載醒覺、到串流，基本上每出現一個新的載體，舊的就會有危機：舊有的消費市場縮小了，也被分薄了。只是，**每當有新載體加入的時候，大家總會有新的方法去營運，照顧好很多不同的領域和部門……直至串流音樂平台的出現。**

你並不需要對串流音樂平台運作有多了解，只需要知道一個概念：你每聽一次一首歌，版權持有人就會有大約0.00001元的收入；多一個零少一個零就很難說了，看看那一次那一首歌被聽了多少秒吧。

串流會影響到的事情，短期之內是這幾項：

一　聽眾越來越年輕——音樂市場單一化，在大家要有動輒千萬次播放才能回本的情況之下，做流行音樂的人就要追趕年輕人的口味，盡量做不需要太用力用時間消化的、有話題性的；看看 Ed Sheeran 的專輯，英國每周 20 大最高峰時有九成都是他的歌⋯⋯

二　比較小眾／中生代音樂人被淘汰——除非音樂單位已經成為經典，在音樂上有一席位，能夠在市場上被再提起、炒起（如 Beatles），一直默默耕耘的、不做大眾流行音樂的音樂人、不以現場演出為主的歌手，自然越來越難有收入，最後慢慢被市場吃掉。試想像，他們的目標聽眾普遍也比較成熟，不是會把一首歌瘋狂重複播放十萬八千次的那種人，有些甚至連串流音樂服務也沒有申請。

三　只有大公司才能生存——大公司勝在有龐大catalog，山大斬埋有柴，食經典的老本也不怕；小公司沒有可能有那個比較穩定的持續收入，也沒有足夠資源、人力物力，甚至氣力去投入做市場推廣；在每天都需要新鮮搶眼標題主題的時代，有多少單位能夠持之以恆，自己有系統地做marketing呢？

保持清醒　不平則鳴

很多音樂單位、內容供應者、業內人士都覺得數位音樂收入的計算不公平：平台先拿去起碼一半，再被強制中介公司拿起碼一半。只是，遊戲規則是這樣，沒辦法，要玩這個遊戲就要守規矩。音樂人只求把作品放到平台上，務求有人認識就可以了。

聽眾是絕對沒有錯的，消費模式改變是事實，問題只出在新的遊戲對音樂人存在著極大的不公平，而消費者也一頭霧水，不明白真金白銀的付出去了哪裏。同時我亦不是與科技公司為敵，只是希望能達到共識，**平台跟音樂是唇齒相依的，任何一方不能站穩陣腳，都對整個生態沒有好處**。

新的系統沒有完善，在現在一切講求真實與公平的時代，數位音樂的分成比例，實在有點說不過去。我還在思考的問題如下：

一　音樂人，你明知道這個數位音樂收入計算不合理，為什麼還要就範？

二　如果連音樂人自己都覺得，靠賣音樂本身不能回本，必須靠其他演出收入以及商業活動去生存，這樣是不是助紂為虐，鼓勵某些惡霸科技公司繼續惡下去呢？

三　數位音樂平台們，我明白你們背後的投資與付出，但你們可以仁慈一點嗎？你要音樂人把音樂免費給你放在平台，然後每一首歌要被聽一千萬次才能賺回製作成本，這樣合理嗎？

四　音樂人，你選擇做音樂的時候，不是想改變一些東西的嗎？

願各位保持清醒，不平則鳴。

音樂人應該賣什麼

從前，黑膠有兩面，讓音樂人可以選擇給聽眾一個「中場休息」的呼吸空間，A 面最後一首歌之後就要將唱片反轉，B 面第一首歌開始再出發，這個整體的旅程可以有很多變化。後來出現的卡式盒帶仍然有 A、B 兩面，基本上內容鋪陳跟黑膠唱片一樣；到雷射光碟出現後，內容則變成是一個一氣呵成的旅程。

音樂人編排什麼，聽眾就接收什麼，直到家庭式卡式雙錄音機的出現，聽眾可以在家中開始複製卡帶，自己選擇歌曲的次序。這個改變，是把主動權交在聽眾手上的第一步。雷射光碟（CD）能被家庭電腦複製，聽眾做自己選擇的「精選」就更方便，音樂人需要賣 CD 跟主打歌。

CD 的誕生，是整個行業天翻地覆的開始。音樂要先被數碼化，才能放在載體裏面；當離開載體，傳送便無限制，一切就不一樣了。當音樂被數碼化，不需要載體，連帶連翻版都做不住，音樂下載完全改變了遊戲規則，帶來海嘯式的摧毀與重生，Napster 打開潘朵拉的盒子，到現在行業的適應仍然遠遠追不上科技，讓音樂行業有可持續發展的配套仍然未成熟。

大家聽歌的習慣從完整專輯過渡到自選單曲，網上付費下載曾經展露一點曙光，串流給音樂人近乎零的收入，卻又讓大家頭痛了。

每當有新科技出現，就有新的音樂呈現方式出現。到現在可以肯定的是，**音樂人可以仰賴的已經不是載體，而是話題性，或者精神。**

音樂行業兩件萬劫不復的錯事

每次到日本的大城市，我都會像朝聖一樣到當地的唱片店，從大型到蚊型，每一家都有自己的性格，以及自己的捧場客。2015年，有一套紀錄片專門研究美國的連鎖唱片店 Tower Records，其中重點更加是日本 Tower Records 分店的不滅神話，包括齊全的雷射唱片寶庫。

看到人家的好，每次都會令我想起兩件把中文音樂行業從巔峰狠狠地給摔下來的超級錯事。

記得90年代，當全球音樂廠牌都在製造 CD，收入都仰賴在所有雷射科技產品身上時，忽然出現了網上下載這個殺手。當時所有行業工作者都在想對策，包括把 CD 包裝越做越大份，還會送香水、贈品、相集等等。事實上有些案子做得很好，起碼音樂以外的產品都跟音樂專輯本身有關，在這個大前提下，這些 spin off 是絕對加分的。只是，後來情況變得越來越本末倒置，最基本的音樂都被淪為周邊的產品。同時，世上娛樂越來越多，音樂市場越來越小，到大部分公司都撐不過來，就從為藝人製作專輯轉為製作 EP，然後是單曲，包裝卻越顯重本，絕對是妹仔大過主人婆。音樂行業守不住本分，捉錯用神，結果還是撈不住音樂消費者的心。

另外一件更錯的事，就是唱片公司引入 Copyright Controlled CD，即 CD 面有一個圈，讓用戶不可以用任何形式複製。此舉令全世界震怒，因為這些光碟引發硬件問題，構成某些電腦癱瘓，為真正音樂支持者造成諸多不便；另一個原因，也是最致命的：沒有尊重聽眾。如果你先當聽眾是賊，聽眾又怎麼會尊重你呢？

唱片公司與其把資源放在包裝上，不如重新修訂財政方案，將音樂製作的比例重新加重；又，預防勝於治療，與其提倡打擊盜版，不如先把資源放在知識產權的教育上。雙管齊下，我們的音樂文化才有機會像日本音樂工業一樣屹立不倒。

拿在手上

在美國科羅拉多州的滑雪小鎮 Frisco 裏，有一家小書店 Next Page，這家小書店名副其實地為書店的定位揭開了新的一頁。

在北美所有大型連鎖書店業績跟受歡迎程度都連續多年下跌的時候，Next Page 在短短數年，竟然有倍數的營業增長。這個年頭，小店的受歡迎程度比大型商店高是常事，但出乎意料的，是 Next Page 的顧客分佈：除了慣有的家庭主婦繼續佔很重要的營業額分量外，另一個慢慢上升的實體書籍消費群體，竟然是 10 至 20 歲的年輕人。很多人以為年輕人都不看書，就算看也只是看電子書，但 Next Page 的營業資料告訴我們，事實並非如此。

在音樂行業，很多人都知道全世界黑膠唱片的銷量近年都在大幅上升，而主要的消費群眾也是年輕人。我想，**在電子資訊泛濫的年代，大家都渴望來一個返璞歸真的轉型**，而這個連鎖反應亦同時帶動了印刷業。

老師說不要用封面去判斷書的內容，我認為真的是大錯特錯：封面、用色、字體、包裝，永遠是一個藝術作品的多面呈現。時至今日，我還是很珍惜每一次唱片的封套設計環節；從構思、設計、初稿、校對到印刷，要下的功夫非常多，過程也相當漫長，有時痛苦，但每次的成功感真的非比尋常，更不用說整個印刷工業背後，仍然有很多有經驗又有心的專業人士在自己崗位努力著，我衷心向各位致敬。

書也好，唱片也好，能夠拿在手上的，就是不同。

變變變音樂循環

音樂的類型一直被科技影響著，流行什麼就看科技帶給我們什麼。

我們很簡單的看看近百多年的音樂歷史：有了錄音科技，音樂從前以原聲樂器演奏和管弦樂隊現場表演為主，到黑膠唱片的出現，音樂才能變成可以被記錄的藝術，被收錄和廣傳；錄音科技萌芽，讓音樂人可以不再一 take 過收音，4、50 年代在錄音室裏，用一支咪單聲道收音開始，發展到雙聲道，聽眾就聽到「立體感」；電力結合音樂，就誕生了電結他、低音結他、非原聲樂器等，取代了管弦樂隊的領導。

過往要在貴重錄音室才可以成就的事情，現在在規模比較小的地方，就可以進行基本的製作。70 年代開始，只要有一點資源投放在錄音設備上，音樂人就可以在家中、睡房或車房玩音樂，而分 track 多軌錄音的方便，也帶來搖滾樂隊的盛行；同一時間，世界電子產品茁壯成長，電子合成器讓我們開始聽到現代的跳舞作品。錄音室後期製作的硬件軟件發展，幫助美感修葺之外，亦讓音樂人更易發揮天馬行空的創意。

8、90年代，除了人聲之外，有些音樂完全用假的樂器，新的聲音又出現；家庭電腦的盛行，世界就出現 EDM（electronic dance music，即電子舞曲），每個人都可以用最少資源做出流行音樂。

流行音樂的門檻越來越低，下一個 game changer 是什麼呢？應該會是虛擬世界，連人聲都可以是假的，感官也可以是複製的。

無論 virtual reality 能否成為王道，物極必反，再下一個 game changer，很可能會是最原始的真功夫：全原聲音樂，全現場表演。

對員工好啲啦

世界電子化，媒體遊戲規則更改。大家都說紙媒難生存，娛樂新聞受的影響很大，很多記者朋友都轉了行。

八卦新聞當然有永恆的價值，但是很多主力賣八卦的媒體，仍然一間一間骨牌式的倒閉；在每個人都是媒體的時代現在的八卦，一是藝人自己發佈，一是觀眾自己發掘傳閱，會為了一則語出驚人的標題掏腰包買報章雜誌的消費者越來越少。

網民起底能力強、狠、快，唯一還是不能超越傳統媒體的是：準。業界有守則，新聞媒體有自己的性格，還能站得住的，就是擁有長久以來積累的公信力；只是，有什麼方法可以保住公信力，同時又能大賣呢？

在什麼資訊都可以免費得到的時代，對於要付費的事情，我們都會三思。值得的話，銀碼再大也不是問題；不值得的話，一個幾毫都會計清計楚。**我們現在買的，並不是資訊，而是態度。**

全世界的傳統媒體都在掙扎生存，裁員倒閉的比比皆是，連龍頭企業《New York Times》的發行量都大幅減少，廣告收入亦下跌。然而，NYT 的整體銷量竟然一直上升，尤其是付費訂閱的項目，差不多年年創新高。看過一些研究 NYT 的過渡，成功主要是兩點：

一　新聞故事的真確度與深入度；

二　NYT 對員工很好，記者不但可以過好的生活，還會為了「傳媒工作者」這身份而驕傲。

我還是願意相信，香港的媒體老細們是有前瞻性的。

意見領袖

在互聯網的世界，發表意見已經不是問題。事實是，表達意見的門檻低了，評論員的量是多了，質卻低了，權威性則更低了。

英裔社會學作家 Malcolm Gladwell 多年前的著作《The Tipping Point》（引爆趨勢）裏說，能夠讓事物事件一飛沖天的，其中的主宰因素就是人，少數的人。這些人需要具備對事情背後足夠的了解，或者是某個領域的權威，擁有社交技巧、推銷技巧，而這些就是 Key Opinion Leader ——「KOL」需要的條件。

KOL 一直都在，只是稱呼上的不同而已。很可惜，KOL 這個稱呼已經過氣，最大的原因莫過於量太多，門檻太低，整體上削減了 Gladwell 說的「少數」特質，淪為一個純粹的宣傳渠道。資訊接收者一旦看穿了，就會對這些戶口失去興趣，這些人物的公信力亦自然會越來越低。當所有事情散亂，沒有系統，百花齊放是百花齊放，但只限於野草閒花，生命不長。KOL來得快去得快，當世界太各自為政，KOL們太獨善其身，又或者太過沒有性格、文筆、說話技巧太差、文品或人品不好，最後大家還是要靠背後PR公司的幕後把戲，把力量集中發放，而大眾的焦點只會繼續放在有系統、有充足資料庫，以及充足人力資源的傳統媒體之上。

說到底，人類是很會跟風的動物，**大家喜歡「自由意志」這個冠冕，同時又極討厭自己沒有選擇，或者被看成沒有主見**。基於這一點，KOL真的天生改錯名了：為什麼你的意見是「key」的，比我的意見更有分量、更有影響力呢？

要有領導地位，首先還是需要有過人之處，包括專業高度和社交技巧。

我是國王

美劇《權力遊戲》（*Game of Thrones*）故事每一集都是高潮，一個星期一集的等待實在太漫長，於是我從頭再看一遍，溫習溫習，為讓全世界都驚恐訝異的〈The Rains of Castamere〉再倒抽幾口涼氣，也再期待一次全世界都討厭的青春期國王 Joffrey 的下場。

《權力遊戲》絕對政治不正確：性、權力與暴力主宰一切，所有跟現在社會文明為敵的事，都大搖大擺的在這個幻想國度發生。不想承認歸不想承認，但其實我們都知道，真實世界就是這樣變態與不公平。

第三、四季裏孩子國王 Joffrey 登基後，更加囂張跋扈，但所有無名火全建基於青春的躁動上，加上天性殘暴不仁，有幾次失控宣佈：我是國王。在國家大事小組會議裏面，Joffrey 又嚟料，他的爺爺梟雄 Tywin

Lannister 只冷冷地說一句：**沒有真正的國王會強調自己是國王的。**

以上這個說法不只適用在古時，放在當今娛樂圈尤其對位：將「國王」轉換做「歌手」，情況不是很貼切嗎？無疑所有上節目的人全部實力非凡，大家出面出力做場好騷，看的人津津樂道，娛樂就是這樣簡單。

現在，就算是「高高在上」的明星，閒時都會來個 Instagram selfie，讓自己貼近地氣，真實最要緊。貼近地氣是一件事，貼地文是另一件事；對自己的身份沒有足夠信心與肯定，才會把牌坊掛在身上，名銜掛在口邊。管你在網上如何呼風喚雨，要大部分人認同，還是要玩這個遊戲。

那麼，誰才擁有真正的權力呢？做幕前的朋友，要有影響力，首先就是要紅，這是千真萬確、千古不變的定律；然而，歌手始終是被動的。

Joffrey 最多是在電視台節目參賽的歌手，Tywin 卻是電視台。所以，《權力遊戲》裏其中一位有最高權力的，當然不是孩子國王 Joffrey，而是他的爺爺，紅色的 Lannister 軍隊梟雄統帥 Tywin Lannister；娛樂圈裏要做到真正的紅，到現在還是要上電視，而擁有最最最高權力的，還是最普及的電視台。

破舊立新的循環

歷史上，每一個出現的美國總統候選人，競逐時都說要帶來革新，帶來改變；然後，每一位就任以後都紛紛在舊體制裏面說著舊體制的語言，玩著舊體制的遊戲，一是試圖從內調停、繼而改變，一是原形畢露：原來從來都是舊人。Obama 是前者，Trump 是後者，上任後白宮裏全是右派舊人委任的官員，也是跟他競選時說要把華盛頓完全換掉什麼什麼 drain the swamp 完全相反。川普的荒謬實在太多，這只是其中一個不痛不癢的例子。

一個人的力量有限，天時地利人和剛剛好給你做一次英雄出頭，始終要乘著氣勢撥動大機制，才能帶來真正改變，於是你就要變成制度裏面的人，才能把當初的激情好好轉化成真正的能量。**真正的能量，不是來自希望改變的當事人，而是一直口說希望改變，但最**

怕其實就是改變的大眾：要新的刺激，但舊的安全感。

一向喜歡製造熱點的叱咤樂壇頒獎禮，就是一個好例子：坊間的音樂再流行再普及也好，在這個音樂娛樂旗手拿到一功半績，才算真正重要。叱咤的歷史與品牌鞏固，背後人脈跟商業系統完整，人才跟最新的潮流一直掛鈎，儘管今時今日主動權已經落在聽眾手裏，大家聽歌已經大部分在網上，叱咤的地位依然在。一般聽眾並不是「專業」樂迷，都是一年一度有些焦點事件，才會比較集中地留意音樂圈，而在叱咤有得著的歌手，亦可以乘著運勢在音樂工業裏有一番真正的作為。

大眾還是需要旗手的。大眾希望安居樂業，沒大事不要煩我，有一個領導或嘜頭在某處，安個心就好，別動不動就來深究討論原則、精神、核心價值。所以，大眾還是需要某種框架，需要叱咤，需要英女皇，需要一個精神領袖。

為誰而寫 為誰而唱

每一次美國總統大選，競逐的單位都會選一些流行歌曲，在每一次宣傳活動前後播放。這牽涉了兩個大問題：

一 版權——很多時候，競逐單位並沒有向歌曲版權持有人申請播放權，就算有得到某個單位如歌手、詞曲作者的正式認同，版權持有人與創作人╱歌手也未必是同一單位。為此，美國音樂業界某些代表曾經在名嘴 Jon Oliver 的電視節目上，作出軟性聲明：請政治人物不要用他們的歌作宣傳，此舉很有娛樂性之餘，也發人省思。

二 斷章取義——當政治單位單從歌名去考慮選擇歌曲，尷尬情況就會出現。美國現任總統 Trump 在一次競選宣傳時探討的題目是核能，他選了

REM 一首關於核能的歌曲；當他走出來的時候，歌曲的第一句是：「It's the end of the world as we know it.」（以我所知這就是世界末日。）

哈。哈。這首經典給 Trump 一記他應得的響亮耳光。

在大部分人只看標題，以及在某些城市所有大小事情都被政治化的時代，對藝術工作者來說，可能是一個機會，但更加是一個危險與嚴厲的試煉。

對我來說，音樂就是音樂，一旦作品面世以後，它們自有自己的命運。 藝人／創作人本身也是公民，以公民立場出發，擁有政治意識，是絕對沒有問題的，只是當你用藝人／創作人身份公開站出來搖旗吶喊，你就要承受一個風險：你的作品從此會容易被標籤，以後說什麼都比較沒有客觀的力量。

就算世界已經喜歡斷章取義，社會喜歡用獵巫的行為去企圖摧毀異見者，創作人還是可以選擇守著自己的崗位，把歌寫好，用作品讓聽眾思想，讓聽眾自己決定事情，比站出來當旗手企圖影響大眾，更有長遠效果。

如我最欣賞的創作人 Janis Ian 所說，音樂，應該是寫給所有人的。

牆和橋

美國傳奇民謠組合 Peter Paul and Mary 有很多關於反戰／社會運動的歌曲。Mary 去世之前，他們在跟捷克管弦樂團合作的音樂會裏，演繹了作品〈Some Walls〉，歌曲重點是：Some walls must fall.（有些牆需要倒下。）

要數最罪大惡極的牆，應該是跟種族隔離有關的、無形的牆。

種族隔離曾經是美國的法例，黑人白人高低等級有別，所有公共設施都「黑白分明」，直到踏入70年代美國才正式結束這法例。

正式的種族隔離，在世界很多文化都存在過，中國唐朝不准維吾爾族人跟漢人通婚，一定要他們穿著民族服裝，以資識別；清朝滿族漢族權力大倒轉，漢人都寄人籬下，大家應該在電視劇裏看過不少；80年代，德國柏林圍牆隔絕東西德；拉丁美洲西班牙族人把不同膚色人士分等級，南非 Apartheid 黑白人種族隔離到1994年才廢除……

有些不公平事情，白紙黑字立例講明會引起公憤，公然歧視嘛，怎樣也令人不安；只是，當這些不公平事件被正式廢除後，其實一切仍然沒有解決。

柏林圍牆倒下後，東西德的人民不會立即搬進對面的房子，大家會「打量」對方，西德人自覺高人一等的傲慢在眼神裏，東德人社會主義的傲骨在臉上，大家厭棄對方，圍牆從街上拆走，但建到心中。美國、南非種族隔離政策結束後，黑人白人不會立即融為一體，反而分得更清楚：之前是因為政策，之後就是經濟、居住、身份認同等等。黑人區白人區仍然存在，只是名字不同了。

牆倒下了，然後呢？ Hilary 說，**不要築牆，要建橋**。

拆下無形的牆，建起無形的橋；而這些無形的橋，我希望是音樂。

大碟規則

意外入行後誤打誤撞，終於自覺知道做大碟的知識，領悟到做專輯的一點點心得。如果大家希望得到怎樣聆聽一張大碟的意見，以下我誠意跟大家分享：

一 主題——就像作文一樣，要有大題目、有大綱、有起承轉合，從頭到尾一氣呵成的，間中也可以歇一歇；當中沒有一定的規則，倒序順序插敘法任君選擇，只在乎監製希望達到什麼效果。好的大碟，會讓聽眾聽後進入了某一個精神狀態。

二 聲音——大部分中文歌的聽眾對音樂的認知都止於曲詞唱，沒有「sound」(聲音)的概念；而「一張碟要有快歌有慢歌」更是奇怪的標準，那是很落後的一個想法，好像經濟起飛時大家都只懂得追求千篇一律的拉斯維加斯式娛樂一樣。這裏我說的「聲音」就是唱片的 sound，某種樂器、曲風、編曲、混音，什麼也好，讓人聽到某一段就能立即辨認出那是來自什麼大碟的歌曲，這就是成功的 sound 的第一步。

三　歌詞——當然，有 vocal 的唱片才有歌詞，純音樂演奏的不計算，這對於一般流行曲聽眾來說應該最容易掌握。大碟的歌詞都圍繞著某個主題，在多角度的說一個故事，討論一個議題，成就一個論點……

四　氣氛——曲詞創作、編曲、錄音、配唱、混音、設計的整體配合、完不完整、順不順暢、有沒有畫蛇添足、有沒有做得不夠，就知道一張大碟能否成功留下來。多麼虛浮的東西啊……對呀，聲音根本就不能被看到，似「感覺」多一點，感覺對就是了。那麼，怎樣的感覺才是「對」呢？找到你的聽眾，而聽眾群足夠讓你繼續做下去，那就是「對」了。

我一直以為以上的幾點就是專業的大概衡量，直到我的神 Leonard Cohen 大約10年前推出一張大碟，叫做《Ten New Songs》。

吓?!啊～～～

最黑暗的預言

我以為2016年11月8日美國總統大選日，已經是最傷感的一天，但原來還可以更黑暗。

兩天之後，傳奇唱作人 Leonard Cohen 在美國洛杉磯去世，享年82歲。一位受人敬仰的藝術家的離開，最多是世界與文化界的損失，但 Cohen 離開的日子，實在為這世界帶來太諷刺、太準確、也太殘忍的註腳。他離世之前，剛剛出版了最後一張曠世專輯，一星期前的訪問，他也從容幽默的說自己已經準備好生命的結束。該專輯的主題是：You want it darker.（你想要更黑暗。）

「You want it darker, we kill the flame.」（你想要更黑暗，我們就把火光熄滅。）當中「你」是指任何宗教的神，但現在絕對可以是指美國選民。我一直不明白，為何美國人對 Trump 明顯不過的謊言與無恥視而不見，對 Hilary 的一切功績與貢獻也無動於衷。大選結果，令全世界震怒與恐慌，但當我冷靜下來才開始想，或者這個才是現實。這就是民主的另一面，即使被較多數人選出來的是極右法西斯主義者，所有人都要配合。這才是現實，這才是多數，而不是我們願意相信，以愛與尊重為主的精神。

我們一直說愛、和平、平等，所有人都受過教育、懂得立體地看事情、有教養、為人設想……可能只是我們選擇性地看事情，或者長久被社交媒體選擇性地供料給我們吸收的結果。事實是，世界很大，有很多不同的價值觀，所有事情都有兩面。所以當你選擇相信愛與平等的時候，就要接受恨與不平等的存在；**當你認為有神的時候，就不能否認同時也有魔鬼。**

我臣服 Leonard Cohen 的原因，正是他一生也在正視正與邪，在歌舞昇平的時候跟痛苦達成協議，在人間煉獄裏面又找到一線曙光，甚至加一點幽默在裏面。

「There is a crack in everything. That's how the light gets in.」（所有事情都有裂痕，光就是這樣透進來的。）
—— Leonard Cohen〈The Anthem〉

藝人與金錢

Leonard Cohen 在生時，曾經一度陷入經濟危機。前女友 Kelley Lynch 從 80 年代未開始當 Leonard Cohen 的經理人，照顧 Cohen 的一切，包括財政，一轉眼就是 17 年。直至 2005 年，Cohen 忽然發現他戶口裏的 500 萬美元（約 4,000 萬港元）退休基金，只剩下 15 萬美元（略多於 100 萬港元），才知道 Lynch 一直以來不斷掏空他的錢。

這些數字很驚人，這些故事在娛樂圈則屢見不鮮。音樂人、歌手、演員、導演、美術指導……很多演藝事業工作者，其實是多用右腦的藝術家，主宰邏輯的左腦比較不發達，甚至有點遲鈍，需要依賴其他慣用左腦的人，去照顧藝術創作以外的東西，包括檔期、工作時間表，以及最容易出事的財政。

一牽涉金錢，如果當事人本身沒有概念，也沒有跟進的習慣，就算再多白紙黑字都沒有用。錢沒有了就是沒有了，再多追究，甚至採取法律行動追討程序，都是有害無益的。一來未必可以索償，授權他人管理財政的是你，看都不看就簽名過數的也是你；二來騙你的人亦可能把錢全部花光了⋯⋯**錢沒了可以賺回來，但對別人的信任崩潰了，是一件很傷人的事。**

事情永遠有轉機，Cohen的不幸讓他需要從新面對世界。2005年，71歲的他需要為了自己及家人賺退休金，於是他開始籌備生命裏最後一個歷時幾年的世界巡迴演唱會，業內人士都叫這個巡演做「The Grand Tour」，又出了三張有力量、有重量的完整專輯。直到2016年11月去世，他賺回了起碼十倍多退休金之，還給世界留下重量級作品，這一切原來都是拜Lynch所賜。

無論如何，藝人們還是對自己財政有概念，每個月花半小時睇睇數最實際。

商業 vs 藝術

2017年，Bob Dylan 拿了諾貝爾文學獎，在文學界造成前所未有的轟動。

Dylan 得到文學獎的震撼迴響之大，是文學界從來沒有過的，全因為 Dylan 是一個跨界的名人，還要是已經家喻戶曉，形象根深蒂固的音樂人。儘管 Dylan 出版過詩集，但代表作與被世界認知的作品大部分都是歌詞，而歌詞的文學地位一向沒有被重視過……直到2017年。

以往諾貝爾文學獎的得主，所選擇的寫作題材大多比較偏鋒，帶政治色彩的、與歷史有關的、在人文社會等方面有前瞻性的……如果得獎作品要跟上述東西有關，其實 Dylan 的歌詞已經達到這個水平有餘：60年代開始，他的〈The Times They Are A-changin'〉以及其他作品，一直跟很多政治歷史和政治運動有關，直接間接影響了後世。他從歌詞裏面提出的問題與思想，一直有社會意識，而他的寫作風格也不斷破格、提升……

很多時候，如果你把英文歌詞從旋律抽離，獨立的閱讀，會感覺怪怪的，有些不通順，有些堆砌，但這個情況從來沒有出現在 Dylan 的歌詞裏，而他每一首詞都能夠脫離旋律地存在，被獨立地鑑賞。

這位諾貝爾文學獎得主跟過去一世紀的得獎者最大的分別，是他的名氣與商業成就。這不只是諾貝爾獎不諾貝爾獎，全世界每一個文化裏面，一旦作品跟商業扯上任何關係，其文化價值就會立即被質疑。大眾好像從來都有這兩個誤解：一、文化就是不賣錢的東西；

二、文化人一定不能對商業就範。

我一直認為，音樂是文化很重要的一部分，音樂工作者同樣是藝術工作者，作品本身可以沒有商業意圖，但如果作品之後被其他單位拿來作商業用途，它的藝術價值是不會自動下降的。能把作品純粹地從藝術的角度出發展現出來，然後再在裏面找到商業元素，創作人／表演者／製作公司把得到的錢去孕育、栽培更多人才，這不是很好的事嗎？

29+1

2017年年頭，我在美國Arizona州的Sedona國際電影節，見證彭秀慧的電影《29+1》在美國的第一次公開放映。

雖然我對故事本身已經很熟悉，但在美國這個靈氣十足的小鎮，跟美國人一起看，我又對《29+1》多了一個層次的了解，也更明白為何這個彭秀慧的寶貝，可以不斷的有自己的新生命。

放映前，我們都懷疑電影裏面有很多香港本土文化，外地的觀眾會不會感到陌生，以至不明白故事內容呢？張國榮、張國強、Beyond的〈早班火車〉、砵仔糕、蘭桂坊、黎明……這些香港8、90年代的本土文化，究竟他們會怎樣理解呢？在場的觀眾平均年齡應該是49+1，有些朋友甚至是59+1，究竟他們會不會感受到兩個香港年輕女子的危機感呢？

到步時，影展負責人 Keri Oskar 走上前對彭秀慧說，大會都很喜歡這個故事，因為放在什麼城市也成立。事實是，他們當然不會明白有些事物人物的特別文化意義，但他們都感受到「情懷」；再者，就是這些獨有的細節，讓故事增加獨特性，而最後故事在觀眾心中成不成立，並不取決於他們對細節的投入度，而是對於故事的大方向和主旨有沒有共鳴。

有關成長、家庭、事業、愛情的關口，只要你生活過，作出過選擇，就能明白劇中人物要經歷的東西；觀看在場觀眾的反應，笑位跟香港有出入，但紙巾位大致一樣。

無論是19+1，29+1，39+1，49+1……只要你肯去改變，才有路可以走下去。

紙牌屋提示的三個音樂圈方向

《紙牌屋》(*House of Cards*)每一季在 Netflix 推出，我都會一口氣看完。

Frank 跟 Claire 這對政治權力的大玩家，會用盡所有方法爭取更多控制權，雖然當中所有人事角力跟音樂似乎沒有太大關係，但故事裏給我看到了一些點子，絕對適合音樂行業借鏡。

一　靈活轉彎——面對分秒在變的遊戲規則，沒有一本通書可以睇到老，在形象可以影響一切的大前提下，政治圈跟娛樂圈都需要靈活轉彎。像 Seth 一樣的牆頭草大有人在，每個人都有自己想要的東西，但轉彎靈活歸靈活，卻不能太沒有腰骨，被別人標籤為一個徹底的機會主義者，就很難回頭。

二　盟友要緊——政治跟音樂，都不是靠一個人就能夠成就的行業，世界需要很多人一起建立，就算你是總統，還是要靠別人的扶持、容忍和尊重，你才會得到你想要的效果。選擇盟友，在公在私也同樣重要，世上有很多黨派，有很多不同的價值觀，背後千絲萬縷的原因跟關係，在公眾眼中看到的、記得的都只是一個半個畫面和印象，尤其是在大眾的專注度只有15秒的世代，一旦看到、感到你跟哪個哪個有什麼關係，事後的補救行動絕對費時失事。

三　問最重要的問題：動機是什麼？每當有危機或是程咬金出現，Clare 跟 Frank 都會坐下來冷靜討論對策，Clare 最常問的問題就是：那個人想要什麼？每個動作都是枝節，背後的動機才是重點，當你遇到問題，以及一些讓你困惑的人事出現，可以問這個問題：對方的動機是什麼？自己的動機是什麼？從最根源找到問題所在，就可以找到最恰當的拆解方法。

沙龍傳奇

沙龍（Salon），現在髮型屋的統稱，最早出處卻與髮型無關：那是18世紀法國巴黎至高無上的年度畫展，全世界的焦點都放在沙龍入圍者的作品上。畫家們將油畫送到最高權威，能夠入圍的就能一夜之間名成利就；被拒絕的，就垂頭喪氣打道回府，明年再來。

當時的沙龍，是畫家唯一的出路，而且有著完善的龐大工業系統，大家循規蹈矩就可以扶搖直上。問題卻是，能夠入圍的油畫全都有著一式一樣的風格與題材：精描畫工，歷史故事，在既定的程式裏盡量做到極致，從顏色到展現方法，卻都容納不了個人風格。

當時有一批新晉畫家，他們醉心藝術上的追求，喜歡畫日常生活的人和事，擁有強烈的個人風格，面對自己的生存卻舉步維艱，而他們都有一個共同點：沒有資格躋身沙龍。曾經有一個例外，可能是有關當局希望製造話題，亦可能是權貴們自己都渴望改變，於是嘗試引入劃時代的新風格，可惜結果都是一樣：原來沙龍的目標觀眾都接受不了改變，那作品很快就被打入冷宮。

窮畫家們可以怎樣？日以繼夜的在巴黎的咖啡館討論又討論，結果，他們決定舉辦一個自己的展覽，開宗明義用他們常被取笑的風格名字作為主旨——印象派。到了百多年後的今天，他們每一位當時被沙龍摒棄的藝術家，作品都在全世界所有重要的藝術館被收藏與展覽，因為從那個展覽開始，這些畫家的名字和作品就創造及改變了藝術，甚至世界的歷史：Monet, Manet, Cezanne...

印象派的崛起可以應用在很多行業，很多範疇裏。**各據山頭總能夠讓大家安全地生存，能夠聚在一起為一個精神努力，卻是一個比單打獨鬥大太多的力量**。我們不能自己顧自己，一個單位做，最多只有一個單位贏，只有一班人一起做，才能帶來長遠的改變。

Adele做得最對的三件事

如果去除了英國創作歌手Adele音樂的總銷量，大英帝國2015年的年度財政狀況是虧損的，而這只是其中一個原因，讓Adele在第三張個人專輯《25》推出後登上2016年1月《時代》雜誌封面，而且一句副題也沒有用。

Adele由出道到現在做對了很多事情，其中做得最對的要數以下三件事：

一　合作——Adele是一個創作人，但其實很少歌曲是完全出自她手筆的。從第一張專輯《19》開始，她就跟不同的專業音樂創作人合作，其成名作〈Chasing Pavement〉是跟英國創作人Eg White（也是我最喜歡的三大英語創作人之一）合寫的作品；第二張專輯《21》裏面紅爆全球的〈Someone

Like You〉，則是跟美國成功從「Semisonic」band友轉型到頂級幕後推手創作人的 Dan Wilson 合寫。她唱片裏的其他歌曲，大部分也採用這種方式，由不同的專業創作人把她的點子連起來，捉到最真摯的感覺，然後用心做到對位。

二 不向串流音樂惡霸靠攏——Adele 的新專輯在對音樂人最不平等與不尊重的 Spotify 上找不到，她只把第一首單曲放到平台上，引頸以待的樂迷們要聽她的音樂，就去買專輯——你想樂迷用什麼方法回饋你，就引導他們去什麼地方找你。這個聰明的作法很老實，很公平，還救了唱片工業一命。

三 謝絕網上聯誼——現在幾乎所有藝人都會在

網上做宣傳，跟聽眾、觀眾聯誼，為保收視硬說一些根本與自己本業無關的事情，反而會離初衷越來越遠，最後大家記得的是「你很好笑」，而不是你真正的作品，本末倒置得要緊。Adele 偏偏就沒有自己的 Facebook 或 Instagram 帳戶，真的把所有時間精神放在自己的音樂裏。

當全世界都在悻悻然說「音樂冇得做㗎喇」的時候，Adele 一次又一次用最藝高人膽大的方法告訴大家，音樂行業還有希望，方法就是：只專心地做音樂。

巨人玩樂之夜

看了 Sting 與 Peter Gabriel 的美國巡迴音樂會丹佛站，內心激動了很久。

我聽 Sting 的歌長大，10 幾歲時花巨款 180 港元（對於 90 年代一個窮中學生來說是很多的啊）看了他在紅館的演唱會，20 幾年後在地球的另一面再看他的演出，我在心裏不停的問：怎麼 60 多歲的他歌喉越來越好，好到一個震撼的地步呢？從 Police 的歌開始到 80 至 90 年代，一直有家喻戶曉的作品出來，徹底地做了一個英國民謠古典案子後，跟管弦樂團合作唱片與巡迴演出，再創作了一個關於他家鄉 shipyard 的音樂劇。精彩的音樂生命歷久不衰，而且原創度極高，身材又好……可能歸功於他的多年瑜伽訓練吧。

Sting 喜歡玩音樂結構，每一首都是精緻的鋪陳，他的獨特性永遠凌駕時代，所以一次過把他30多年的音樂一併欣賞，絕對不覺是「舊歌」；同場的Peter Gabriel的作品充滿大愛，就與他近10年來暴脹的身形一樣，歌曲的重量和爆炸力隨著時代慢慢增加，儘管明顯是80年代synth pop為主的聲音，仍然大氣而且極具渲染力。

兩位巨人梅花間竹的演繹自己的作品，有時在對方的歌裏唱一兩段，有時跟和音們一起跳著舞玩樂，誰也搶不了誰的鋒頭，**二人一定要有著強大的氣場與自信，才可以這樣子在台上出現**。Sting的〈English Man in New York〉異鄉人進行曲之後，緊接著Gabriel的〈Solsbury Hill〉凱旋歸來式回家之歌，〈Red Rain〉對應著〈Fragile〉，對社會與政治的側寫鞭撻，讓全世界都有共鳴。好的音樂人以作品為先，反映一個一個世代，而且能夠讓作品為不同的人、事說話，讓不同背景的人自動對號入座，這就是我相信的音樂巨人。

P.S. 小插曲：2萬人的場地，我努力的尋找非白人；我看到兩位黑人，還有一位穿旗袍的華人女生（！）。

Natalie Cole

2015年12月31日，美國騷靈歌后Natalie Cole逝世，享年65歲。現在65歲才是新的中年，這個消息來得太突然，我整晚未能入睡。

我擁有她所有專輯，在不能好好專注的情況下，把她最具代表性的歌曲從頭到尾聽了一次，記起我曾經如何在她的歌曲裏，第一次被美式Traditional Pop觸動。二十多年前在餐廳聽到〈Miss You Like Crazy〉，繼而知道古今中外寫情歌最厲害的創作人Michael Masser，然後接觸到聖誕音樂，跟著是對於一人和聲的運用……她的每一步，都影響了我在音樂上的訓練與取向。

很多人一聽到她的名字，就直接聯想到是美國著名音樂家「Nat King Cole」的女兒：Natalie Cole是最早的「巨星二代」，她的爸爸 Nat King Cole 家喻戶曉的作品是爵士與傳統美式流行曲，然而 Natalie 為自己打響名堂的，卻是爆炸力極強的騷靈。她的聲音辨識度甚高，也有流行樂的親和力，唱什麼都難不到她。然而宿命的是，70 年代剛出道的她，總活在騷靈皇后 Aretha Franklin 的陰影之下，80 年代又有聲音質地更具備流行質地的 Whitney Houston 爬頭，直到 90 年代終於重新擁抱自己的音樂根源——爸爸賴以成名的 Traditional Pop，直奔叫好叫座的超級巨星地位。

大碟《Unforgettable with Love》是一次大成功，除了向已逝世多年的爸爸以及 50、60 年代音樂致敬外，還與爸爸天衣無縫的錄音室對唱，無論從音樂上還是科技上看，都是劃時代的，她也為以後朝這個方向走的音樂人奠定市場基礎。

我喜歡 Natalie Cole 的原因是：格調、Class。在騷靈的領域裏，她從來沒有像 Franklin 一樣騎劫了歌曲應有的旋律；在流行的領域裏，她比 Houston 更細膩更有感情，永遠讓音樂比自己更大。

臨終前她跟姊妹說，希望在自己墓碑上看到這樣的字：The daughter of a king, the mother of a prince and a friend to all.（**一位皇帝的女兒，一位王子的母親，所有人的朋友。**）

Miss Cole，謝謝妳的音樂。

尊敬妳的音樂人林一峰上

離不開

Natalie Cole 逝世後的兩個月，我每天都在聽她的唱片。過去20年，每隔幾個月我就會拿她的唱片來聽，所以這絕對不是人去後才來馬後炮式的追悼；每一次聽，我都會發現她的不同層次，驚嘆怎麼有這麼聰明的歌手。

她留下來給後世的音樂有很多，從傳統美國流行音樂的復甦，到當代標準騷靈音樂、流行爵士、宗教音樂、聖誕歌、拉丁系流行曲、80年代流行情歌、跳舞作品，甚至連 Drum and Bass 都有她的蹤影。

大概沒有人想到，1992年她回歸爸爸音樂根源的大碟《Unforgettable with Love》，能帶給她前所未有的事業高峰。她做的其實很簡單：摒棄所有在騷靈及爵士世界累積到的經驗，用最傳統的爵士樂隊加上中型管弦樂隊，唱出5、60年代的經典歌曲，直接不花巧的演繹，讓聽眾重新認識本來就已經很好質地的歌詞。往後7到8年，她繼續走這條路，我承認是有點點失望的：我喜歡的Natalie Cole，是她自己獨有的騷靈，有爆炸力得來悅耳的演繹。但我猜測，難得登上事業最高峰，她又怎麼會走回頭路呢？

終於，1999年她推出了大碟《Snowfall On Sahara》——一次很漂亮的自我回歸，騷靈！大碟裏面有一首藍調作品〈Corina〉，前奏已經給我無盡驚喜，她的獨白是「If you think you know me, think again.」這張專輯商業上難及老歌系列，但裏面的Cole很自在，〈Everyday I Have the Blues〉的自我多層和音，簡直是作為歌手的最高境界。

2006年她又再一次回歸自己根源——音樂專輯《Leavin'》把唱作人的作品騷靈化再一次聽得我目瞪口呆。主題作品〈Leavin'〉是近年美國現代鄉謠表表者Shelby Lynne的作品，另外〈Criminal〉則是「惡女」美國搖滾歌手Fiona Apple的作品，經過Cole的重新演繹，讓我萬分驚嘆。

人，永遠發現得太晚，離開得太早。

精彩的代價

一口氣看了兩套音樂人傳記電影：Chet Baker的《Born to be Blue》以及 Hank Williams 的《I Saw the Light》。

50年代，Chet Baker 憑著他對節奏的獨特掌握，加上 James Dean 一樣的俊俏外表，在爵士界闖出名堂；他的生命就是為了表演，不惜付出任何代價，很自然地包括毒品。

Hank Williams 在30年代的美國南部叱咤風雲，唱作俱佳，樣子是反斗奇兵胡迪真人版，為美國20世紀最重要的音樂代表之一，短短29年的生命裏，供給他養分的是另一種他的毒品——女人。

飾演 Chet Baker 的是美國著名性格演員 Ethan Hawke，而 Hank Williams 則由來自英國的性格演員 Tom

Hiddleton 飾演，兩位都不是典型的小生，略帶邪氣，卻會讓人想多看幾眼。他們在電影裏面，都不約而同唱了那些碰不得的經典，而且似模似樣，大家都不知道 Ethan Hawke 能唱，但原來 Chet Baker 用輕於鴻毛的感情卻重於泰山的腔調，跟 Ethan Hawke 可以掌握的氣質剛剛匹配；而 Tom Hiddleton 以英國人身份唱起美國南部的鄉謠，說著南部鄉音的俚語，就更加厲害。

Chet Baker 是爵士界的梁朝偉，Hank Williams 是鄉謠界的陳世美，兩位不同時代的情聖都有型有款，但與天下間大部分才子一樣，自己命苦自己找，卻讓身邊愛他們的人傷透心。

才子的精彩，是由很多人的犧牲來成就的。

窮富之間

Bruno Mars 是十年難逢一閏的流行樂金童子，有他出現的地方，就會有音樂，有歡樂。

最初從夏威夷搬到洛杉磯的時候，Mars 嘗試跟騷靈音樂巨人廠牌 Motown 合作，但他們說太難將 Mars 定位。唱片公司往往都會有這個盲點：太難定位的東西，稍加磨練跟包裝，不就是全世界流行文化都在尋找的獨特性嗎？後來 Mars 終於轉投別家，放心做回自己，一炮而紅。

以上的故事，對喜歡戲劇性強烈生平故事的媒體來說，真的不痛不癢。媒體通常會興奮地發掘明星背後的辛酸血淚史——破碎家庭、貧窮、自殺、毒品、抑鬱……2016年，Mars 終於第一次開腔說說自己的故事：成名前在夏威夷長大的窮困日子。

在接受美國電視節目《60分鐘時事雜誌》的訪問時，Mars帶主持人走到他小時候待了兩年的地方——破屋一間。晚上上廁所需要摸黑走到很遠，用「窮困潦倒」去形容那個居住環境絕不為過。但Mars說，那是他一生裏面到現時為止最快樂的兩年。他有親人、朋友、音樂，什麼都有，那當然快樂。

我一向喜歡這個想法：快樂不是發生在你身上的事，而是你選擇怎樣看待這些事情。

我接受媒體訪問時，很多記者朋友都喜歡問：做音樂遇到最大的困難是什麼？這些年來又有什麼不為人知的慘痛經歷呢？我的第一個答案一定是：世界上有什麼專業是不辛苦的呢？要做到專業，就需要磨練，而當你全心全意喜歡一件事的時候，那些難關都應該是讓人興奮的挑戰。這跟已經被濫用的「正能量」沒有關係，**能量本身沒有正邪，只在於一個人怎樣接受這些能量，然後選擇把它們轉化成什麼樣的動力而已。**

廚房遊戲

以下是幾個發生在廚房的真實故事。Alinea 是美國芝加哥的一級餐廳，主廚兼創辦人 Grant 在兩家一級餐廳，跟過兩位風格極端的師傅學藝，深諳要做到自己的菜，非得開自己的餐廳不可。於是 28 歲擁有第一家自己的餐廳，一開始就贏得美國權威一致肯定，但立即患上舌癌；奇蹟痊癒後，重新認識味覺，10年來一直將食客的餐廳經驗轉化，創新是唯一追求。

Gaggan 在印度的低下階層長大，喜歡下廚，在家人連每個月 30 港元的電費也繳不起的時候，他堅守自己的廚藝學業。幾番起落與幾次滑鐵盧後，他跑到泰國曼谷開了自己的餐廳，做沒有人看好的印度菜，兩年之內贏得亞洲第一餐廳，還清貸款，打算到家鄉印度重新來過，希望改變印度飲食文化。

D.O.M. 是巴西聖保羅的頭號高級餐廳，創辦人 Alex 從一名壞 punk 仔變成當地一級法國餐廳廚師後，跟 Gaggan 一樣領會，只有深究自己文化才能在世界裏出頭，站穩腳步。Alex 決定將巴西菜打入高級料理，從亞馬遜地區採集材料，貫徹 farm to table 的概念之外，也幫助保育巴西的天然環境。兩年沒有人問津，仍然堅守，直到在西班牙贏取了國際口碑，才受自己家鄉的人景仰。

以上三個故事有這些共通點：

一　刻苦——在你創新之前，需要下無止境的苦功，學習遊戲規則和潛規則，熟悉行業運作；

二　合作——在你擁有足夠經驗之後，把握合夥的機會，才可以發圍；

三 謙虛——**當你可以獨當一面掌控一切，若要再發展就要學懂放手，給其他人機會幫你成全更多**；只有幫助他人，最後才能幫助自己進步，繼而獲得更多；

四 昇華——很多人努力到差不多就會安於現狀，世界一級主廚似乎是該行業的一個終極目標，但對於以上三位廚師來說，主廚只是他們其中一個身份。能對行業有貢獻的，不是你能夠做得多好，而是你可以貢獻什麼。

Grant 希望不斷為人類開創新的用餐經驗，Alex 希望留住亞馬遜地區的一切，幫助當地的人民，Gaggan 希望改變印度飲食文化。三位都有不同的自選使命，但無論他們的背後信念是什麼，這個金科玉律永遠不變：本業一定要守。

威靈頓牛肉啟示

威靈頓牛肉（Beef Wellington）是英國的名菜，名廚 Gordan Ramsey 把它翻新，據為己有，成為他的第一拿手菜式。這道菜的做法非常複雜，牽涉的技巧非常多，很多喜歡廚藝的朋友都會視做到這道菜為挑戰。做得不好的情有可原，做得好的可以炫耀一陣子。

很簡單的描述一下：廚師要把兩樣需要完全不同技巧的食物放在一起，威靈頓牛肉外面是 pastry，焗、烘焙是一門科學，時間分量把握要精準；處理包裹在裏面的牛肉是另一種學問，一是極長時間燉至軟而多汁，一是大刀闊斧超高溫超短時間搞掂。目的是將麵粉和牛肉放在一起，保持牛肉嫩而多汁，而容易出水的蘑菇以及牛肉本身，都不能破壞外面麵包的質感。

無論威靈頓牛肉出處是什麼，現在 Gordan Ramsay 已經擁有了這道菜，原因是他的版本真的很精準，而更重要的是：他是英國人，他在自己國家的飲食文化裏面，找到最有特色的傳統菜式，然後把它發揚光大。

如果一個中國人去研究威靈頓牛肉，能夠達到 Ramsay 的文化插旗效果嗎？應該是天方夜譚了。我們吃東西，喜歡地道，要最獨特的；**撩動感官的事情，如食物，如音樂，始終跟創造者的文化背景有著緊密的關係。**

你可以做「中國版威靈頓牛肉」嗎？當然可以，只是除了本土客人外，就沒有人會感興趣：為什麼不去吃原裝的呢？同樣，你可以做「中文版騷靈」嗎？當然可以，但你得到的大部分只會是中文聽眾：為什麼不去聽原裝的呢？

韓星還是泡菜

我一向認為，韓國的流行曲是功能大於一切的。

日本有演歌，有自己音樂的源頭，先天性有文化地位，跟著再利用西方音樂的技術發展出自己的聲音；隨著80年代經濟起飛，硬件電子產品大量輸出後，再提供軟件——歌影視產業，鞏固自己的文化地位。

基本上，整個韓國都是在重複日本的起飛模式，他們也實在太有系統、太有規模了，先知道目的，然後才去推算出原因以及過程，處心積慮的為韓國人鋪排文化出口事業。

基本上，在亞洲除了是「Made in Japan」有品質保證之外，其他地區都不是一個可以拿來炫耀的出處。只是，「Made in Korea」跟「Made in China」有什麼分別？

那就是國家的設計。基本上，每一個韓國的歌影視軟件項目，都是為某一個生意而存在的：即食麵、化妝品、房車、電話、電腦……韓國政府訓練出演藝人才，補貼歌影視項目，斥資巨款在其他國家舉辦音樂頒獎典禮，再買下其他國家的頻道播放韓劇，青春偶像愛情至上，用人用故事切入，帶領品牌，下一步就是生活產品的出口。

韓國自己的音樂根在哪裏不重要，因為這些音樂文化產業，從來都不是為藝術本身，而是為了功能而存在的。

要在亞洲地區闖出頭來就靠偶像，要在其他地區有影響力，就要靠食物。對我而言，一碟謙虛實在的泡菜，力量和意義遠遠大於一個千金打造的韓星。

讓人毛骨悚然的美

你有沒有這樣的經驗：聽到一個普通的愛情故事，但就是有些細節讓你覺得有一點不對勁，你會跟自己說，應該沒那麼簡單，但就是說不出有什麼不妥。於是你越來越沉迷，然後最終開始意識到自己看事情已經不一樣了，你開始重新審視自己……

聽 Lana del Rey 要做好心理準備。

Lana Del Rey 的形象很像直接從 David Lynch 的電影跳出來，濃豔非常，愁緒濃得化不開，藏著很多秘密，卻欲蓋彌彰的引誘你來偷窺。慵懶的聲音像毒品，唱著性、死亡、愛、慾，連〈Music to Watch Boys By〉這樣子的題目也輕鬆不了。聽著她說故事，就像是聽著一隻無主孤魂的呢喃，忘記了自己怎樣死去，彌留在被殺前的狀態，不悲傷，不快樂，反正生無可戀，死不足惜，只是淒美得讓旁人一直希望解迷：究竟之前發生了什麼事？

從第一張 EP 開始，她選取的音色已經很「死亡」。電子合成器的冰冷蒙太奇式人聲，混音的沙啞與空靈，營造出豔麗卻糜爛的氛圍，到第四張專輯《Honeymoon》仍然貫徹疏離、寂寞、暗湧蠢動、秘密詭異的美。

Lana del Rey 的音樂是彌留於世界的亡靈曲。她是一個遊走於世界寂寞心靈旁邊的幽靈，等待你心甘情願面對自己的陰暗面，向她伸出雙手，讓她引領你掉入深淵。

讓我思前想後的卻是她廣受歡迎的原因。當然 Lana

del Rey 有她的特點與藝術高度，但她的受歡迎程度，足以讓她受美國紐約電視節目《Saturday Night Live》的表演邀請，說明了她能影響的已經不只是年輕人。

如果說受歡迎的流行音樂反映了這世代人們的信仰，那麼我們正活在一個什麼樣的世界呢？

公敵

你的愛恨都反映在你的選擇裏，而你選擇怎樣對待事情，會直接影響別人怎樣衡量你的文化。

不滿的年代，大家都心情煩躁，一有風吹草動，就群起蒙面出沒，把異己者狠狠批鬥至死。對，是蒙面出沒，躲在鍵盤後就像帶上面具般無敵。當你抽身看看，每逢有人因為什麼也好，包括自我感覺良好／開心／善良／莫須有而成為公敵，蒙面人就會傾巢而出，把公敵罵個痛快。在網路大同的世界裏，全世界都有機會看到這個文化跟這個社會的人，你的言行品德就是這樣在別人心裏紮根的。

這些都不是新鮮事。你知道「憎恨」背後的原因嗎？為什麼某一些「公敵」會觸動到大家憤恨的神經？來自 90 年代的美國唱作人 Jewel 第一張唱片中的點題作品〈Pieces of You〉，放在什麼文化、什麼社會背景都是一樣。讓我把第一段直譯一次：

她是一個醜陋的女孩
會讓你想置她於死地嗎
她是一個醜陋的女孩
會讓你希望對她拳打腳踢嗎
她是一個醜陋的女孩
她並沒有構成什麼威脅
她是一個醜陋的女孩
會讓你感覺安全嗎
醜陋的女孩醜陋的女孩
你憎恨她
是否因為她是你的一部分

怎樣罵人，用什麼字眼罵人，直接反映了罵人者心中的不安。喔，不滿的年代，憤怒都是因為社會不好，自己沒有選擇……於是唯有發洩，唯有反抗。不理背後原因是什麼，也許真的是社會的錯，但有兩點我可以肯定的說：

一　一來就說一切都是別人的錯，那人注定是生命的失敗者；

二　說別人醜陋，不等於自己漂亮。

第一個身份

這一刻，你的身份是什麼？看完這篇文章，你會立即飾演一位母親、父親、公司員工、守衛、誰的閨蜜、誰的敵人、傳教士、無神論者、市民……

在不同場合跟時間有著不同身份，而每個人都有多重身份，但總有一個用以長期自居的。關於身份定義，對我而言我們有兩條路可以選擇：在某一領域裏做到極致，有很好的 domain skill，譬如機師、歌手，成為專家／專業人士；或是清楚了解自己以及事情本質，在不同的領域 domain 裏都可以理清事情脈絡，繼而可以常常轉換身份，並且有好成績。當然，這兩條路絕對有重疊的可能性。

曾經我問自己，究竟我第一個身份是什麼？做音樂的、作詞人、作曲人、歌手、小廠牌老闆、其中一位音樂蜂創辦人、爸媽的兒子、林二汶的哥哥、香港公民、航空公司會員、某些朋友的心靈雞湯、煮飯仔、trouble maker、專欄作者……審視自己的不同身份，我想，背後是喜歡理解不同事情，對實踐方法有求知慾，所以我大概偏向第二條路。再想深一層，每個領域其實都離不開創造，或創新吧，所以，**如果要選擇一個身份自居的話，我還是一個創作人。**

希望大家都可以繼續認識自己多一點，在適當的時機發揮到所長。謝謝你的時間，我們在音樂裏再聚。

歌裏人 林一峰

統籌 藝術糧倉

責任編輯 周怡玲 ／ 設計 麥綮桁

出版 P. PLUS LIMITED 香港北角英皇道四九九號北角工業大廈二十樓

香港發行 香港聯合書刊物流有限公司 香港新界大埔汀麗路三十六號三樓

印刷 美雅印刷製本有限公司 香港九龍觀塘榮業街六號四樓 A 室

版次 二〇一八年三月香港第一版第一次印刷

二〇一九年六月香港第一版第二次印刷

規格 大四十八開（105mm × 150mm）二八八面

國際書號 ISBN 978-962-04-4318-3